余温

无戒

陕西新华出版传媒集团
太白文艺出版社·西安

图书在版编目（CIP）数据

余温 / 无戒著. -- 西安 : 太白文艺出版社,
2021.10（2022.1重印）
ISBN 978-7-5513-2048-1

Ⅰ. ①余… Ⅱ. ①无… Ⅲ. ①长篇小说－中国－当代
Ⅳ. ①I247.5

中国版本图书馆CIP数据核字(2021)第203732号

余温
YUWEN

作　　者　无戒
责任编辑　蔡晶晶
封面设计　杨木子
版式设计　建明文化
出版发行　陕西新华出版传媒集团
　　　　　太 白 文 艺 出 版 社
经　　销　新华书店
印　　刷　涿州军迪印刷有限公司
开　　本　889mm × 1194mm　1/32
字　　数　150千字
印　　张　8.5
版　　次　2021年10月第1版
印　　次　2022年1月第2次印刷
书　　号　ISBN 978-7-5513-2048-1
定　　价　59.80元

联系电话：029-81206800
出版社地址：西安市曲江新区登高路1388号（邮编：710061）
营销中心电话：029-87277748　029-87217872

序

2021 年年初，春寒料峭，冷风未尽。一天早晨，她骤然大哭。

我：“怎么了？”

她：“我把无戒写死了。”

我：“哪个无戒？”

她：“《余温》里的无戒。”

突然就想到了一个故事。朋友看见福楼拜悲伤痛哭，以为发生了大事,着急询问原因。福楼拜说:“包法利夫人死了。”朋友说：“既然不愿让她死去，就把她写活过来嘛！”福楼拜无奈地说：“生活的逻辑让她非死不可，我没有办法呀！”

作家本人也无法掌控人物的命运，他们自有奔赴的宿命。

无戒老师对我而言，亦师亦友。和她相识的过程很奇妙，兜兜转转，相识离别又重逢，命运早就埋伏在这里，给我们一个惊喜。

有天她说，脑子里突然闪现了一个词——“余温”，或许可以当作下一本书的书名。说这话时，她眼里的光温润而明亮。那时，她还不知道，将会有怎样的故事等待书写。

后来，她在西安冬日的大雪中，开始写《余温》。主人公叫王子，她是悲观的、孤独的，就像在广袤雪地里独自行走的一只狐，寂寥而落寞。王子的孤独何尝不是众生的内心投射？在这盛世欢宴中，觥筹杯盏，相映交错，你是真的快乐，还是伪装快乐融入人群获得与其他人一样的幸福通行证呢？

王子童年时的遭遇就像一只张着血盆大口的野兽，候在路口，伺机吞没她。这部书里，她爱过三个男人，温暖纯粹的吴一纶，忧郁疏离的闻博文，踏实可靠的柳钦。完美的人遇见完美的人，是虚幻的泡沫剧。不完美的人遇见不完美的人，才是真实的生活。

多少人会用一场厚厚的大雪，假装不经意地覆盖污陋，而无戒老师却将背后的残缺揭露出来。主角们都没有完美的原生家庭，他们在努力，在成长，想从波涛汹涌的海面上泅渡救赎，有的惊险到岸，有的却不幸沉沦了。她们经常刚燃起一缕希望，又被大雨顷刻浇熄。她在书中写道："死并不需要勇气，相反活着才需要勇气。"难的并不是解脱，而是继续生活，这才是勇士吧。

我在很多人物里看到了无戒老师的影子，她可能是王子，也可能是闻博文，更可能是甄玉。她是至情至性之人，对她来说，书中每个人物都不是纸片人，他们的命运和她息息相关，她为他们笑，为他们哭，她对他们产生深刻的悲悯。

她看似大大咧咧，却隐藏着一颗敏感、温柔而细密的心。她有着敏锐的洞察力，更懂得宿命般的纠葛。她时常站在十字路口，看熙熙攘攘的繁华，观世间百态人生，揣测每个擦肩而过的人背后的命运。她与人世保持着恰到好处的距离，更能洞察真相。

或许你所遇见的礼貌微笑的人，可能隐藏着一段辛酸痛苦的过往，可能正拼死坚强地背负一座巨山。生活没有那么多的容易，有些云淡风轻下可能覆盖着汹涌的波涛。

痛苦不是我们逃避世事的借口，直面风浪，坚定地剥掉丑陋的表皮，我们才能寻得如玉的甜美果实。

真爱、友谊、背叛、离别、新生、死亡、蜕变、宿命、救赎，这本书，从一个个小小的切口剖开，刺穿人们内心的隐秘。

在黢黑的夜里，她从兜里小心翼翼地掏出一盒火柴，轻轻擦亮一根，坚定地擎着雀跃燃烧的火苗，扯破一丝黑暗。这就是《余温》的意义，是这部作品散发的光明与温度，映亮了昏暗的角落。

每一个正在读这本书的人，都在擎着一根小小的火柴，明耀自己的一方之地。点光汇聚，粼粼闪烁。微光再小，也有闪烁的理由。温暖再弱，也有驱寒的意义。

打开《余温》，余霜尽下，温暖有时。

友：杜培培

2021 年 9 月 30 日于重庆

一

“人为什么要结婚？”甄玉坐在我的对面，两眼无神地看着窗外问我。

这个问题她竟然问我？我要是知道答案，也不会把生活过成现在这个样子。可是，我觉得我还是应该说些什么。

“可能是以为自己一个人活不下去。”

“事实上呢？”她继续问我，这让我十分伤感。毕竟我的生活可能比她的还要惨。

“事实上，结婚和不婚都是一种选择而已。我们想要的一切，通过婚姻并不能完全得到。”

甄玉把目光从窗外收了回来，看着我低声说：“王子，我打算离婚了。我真的累了。”

“离婚，你真的想好了吗？或许这也是一个不错的选择，只要你想好了就行。”

她看着我，笑了起来：“王子，我以为你会劝劝我。”

“其实我是这么打算的，可是又觉得这样并不好。你知道，我也在泥潭里。我希望你可以解脱。”

甄玉伸出手，放在我的手上，含情脉脉地说：“有你真好。”

正好服务员端着一杯咖啡过来了，用奇异的眼光看着我们。甄玉的脸上出现了像少女一样纯真的笑容，我知道她即将解脱了。其实，我知道那个笑容背后还藏着深深的悲哀。那么我呢，我要怎么办？我不知道，只是我和柳钦结婚才不到一年。

甄玉问我：“王子，你爱柳钦吗？”

我笑着说：“你怎么还问这么俗的问题。”

“那你呢，你还爱贾俊吗？”

然后我们都笑了，好像三十多岁的女人谈爱情是一件十分可笑的事情一样。

那天之后，我有两周没有见甄玉，再次收到她的消息时，她跟我说：“王子，我离婚了。三年前的这一天，我们领了结婚证；三年后的今天，我们领了离婚证。”

我说：“你呀你，还这么有仪式感。”

“王子，老娘离婚了，你不安慰我，还打趣我。”

“恭喜，离婚。”

“你真是个贱人，我怎么能有你这样的朋友呢。”

“要不要出来喝一杯，庆祝一下？”

“不了，我妈到现在还不能接受我离婚的事实，情绪非常不稳定。我需要回趟家处理这些事情，回来了联系。”

甄玉离婚之后，回了老家，很长一段时间都没有再过来。偶尔打电话过来，说不上几句就挂了。我并不知道，她此时正经历着巨大的痛苦。我记得在哪里看过，人类的感情并不是相通的，就像我以为离婚之后，就解脱了。可是曾经在一起的点点滴滴、日日夜夜，并不会因为离婚而消失。曾经轰轰烈烈、义无反顾的爱，也是真实存在的。离婚就像剥离人体某个重要的器官一样，需要承受刮骨剜肉之痛，只是这时候的我还不懂。

冬天真的来了，风吹在脸上像刀子划过，街道两旁的树叶已经落完了。天灰蒙蒙的，不知道多久没有出过太阳了。

我叫王子，王子并不是我的艺名，而是真名。

而我却没有像王子一样，活成一个万众瞩目的人。从小到大，我好像可有可无。无论在哪里，除了我的名字，没有什么可以给别人留下印象。

家里人常说："你要是个男孩该多好。"这句话听多了，我便开始痛恨自己女人的身份。从十岁开始，我一直留着短发，穿着男孩的衣裳，学男孩说话、走路，跟着男孩一起玩。有时照镜子，我都觉得自己真的变成了一个男人。

可是我的改变，并没有改变家人对我的态度，我依然可有可无。他们在骂我的时候，还会加上一句："一点女孩的样子都没有。"

渐渐长大，我终于知道无论我变成什么样子，对于家人来说都无所谓。认识到这个问题，我难过了很久。难过久了，便麻木了。

我的头发渐渐长长了，我再也没有剪过，任由其疯长。只有长到给我带来不便时，我才会走进理发店。那时候，我的头发已经快长到小腿了，走起路来一甩一甩的。有时候走到街上会有很多人盯着我看，像盯着一个怪物，以至于后来我的同学见到我，都会说："你就是当年那个留着长长辫子的女孩，我对你印象深刻。"只是这一切，在我父母的眼里也是无关紧要的。

剪掉长发之后的很多年，我一直留着齐耳短发。可不管是长发还是短发，都不能改变我是一个透明人的事实。于是我放弃了抗争，开始试着接受自己的平庸。齐耳短发，不至于太另类，就像我一样普通，很适合我。我成了一个彻头彻尾的透明人。

那时候，我常常思考：我为什么活着？思考到后来，我又觉得这个问题太过高深，好像不适合我这样普通的人思考，于是也放弃了。我开始研究一个人怎样好好活着，这个研究让我快乐不少，我学会了一个人逛街，一个人看电影，一个人上班，一个人去医院，一个人过节。最重要的是我学会了发呆，在一个地方，什么也不干，就那样坐着，有时几个小时，有时一整天，看着时间流逝。

那时候，我拒不承认我很孤独，我觉得孤独是可耻的。我一直觉得我一个人生活得很精彩，直到甄玉闯进了我的生活。

这个女人像个疯子一样，我还记得她跑过来，坐在我面前说："姑娘，为何你看起来如此孤独？"

我抬起头看见了坐在我面前的姑娘，她笑靥如花，长得极美：一双丹凤眼，高鼻梁，配上瓜子脸，除了她那大得有些违和的薄唇之外，她的长相真的可以用绝美来形容。她不笑的时候，那高冷的气质，配上美艳的容貌，让我一个女人看了都心动。可是这家伙偏偏爱笑，她一笑，身上的那种高冷便消失了，变成一个肆无忌惮的疯女子，甚是可爱。

突然有人闯进我的世界，莫名其妙地说了这样一句话，一时间让我有些慌乱。更可恶的是她竟然说我孤独，我会孤独吗？根本不会。我看着她不怀好意的眼睛说："神经病，你才孤独呢。"

她笑了，坐在我面前哈哈大笑，然后说："我从未见过比你更可爱的女孩。"后来，她就成了我的朋友，像狗皮膏药一样粘在我身上。很久以后她告诉我，其实她和我一样孤独。

有时候，我觉得人之所以需要朋友，或者爱人，并不是出于爱，而是出于群居动物的本能，总以为能在别人身上找到自己想要的东西。

想到这些，我突然谅解了父母对我的无视。因为他们的希望不在我身上，而是在弟弟身上，所以有这样的行为也是情有可原的。

甄玉说："王子，我一直觉得，你适合当作家。你看你说的每一句话都这么有哲理。"

"当个屁。"我每次都这样回应她。她会过来摸摸我的头说："王子，不要这么悲观，梦想总是要有的。"

梦想是什么？我不知道。我所想的不过是就这样平凡地活着。

可是我遇见了他，遇见他之后，我像是被施了魔咒一样，不知道为什么，睁眼闭眼都是他。甄玉告诉我，这是爱情，我爱上了这个男人，我应该去表白。

那是我第一次知道爱的滋味，或者说第二次，毕竟我觉得我也是爱甄玉的。可甄玉说这不一样。

后来我才知道真的不一样，一个是友情，一个是爱情。

甄玉说还有一种爱是亲情；不过我没有，所以至今也不知道那是一种什么滋味。

二

我爱上了一个男人，这真是件奇怪的事情。我无时无刻不在想那个人。

想他的时候，我心里暖洋洋的。这可能是爱吧！但是我并不打算表白，我明白自己是多么普通，他不可能喜欢我的。所以我的第一段爱情，成了我的独舞。

我看着他、想着他，同时远离他。甄玉总是骂我太夙了，这样容易错失幸福。可她不是我，怎能懂得我这种平凡女孩的痛苦？不过我并没有告诉她这些，只是说："我还没有做好谈恋爱的准备，而且你不觉得，这样悄悄爱一个人很美好吗？"

她像看怪物一样看着我，然后说："我真不懂你的脑回路，为啥和正常人不一样？"她就是这样，不管什么事，都咋咋呼呼、大惊小怪，她总说我是独一无二的存在。

这是我长这么大，第一次听到有人夸我，也是第一次拥有朋友，我甚至不懂怎样和她相处。很多时候，都是她在说话，我在听。即使这样，她也坚持认为，我是世界上对她最好的人。

也因为这样，我渐渐接受了我有朋友的事实。我的生活变得热闹起来了：下班之后，不再是一个人逛街，一个人看电影，一个人吃饭。每一次我刚下班，准会接到她的电话，没一会儿，她就会出现在我的面前。

她非常会打扮，走在哪里都是焦点，而我依然没有脱离透明人的本质。不过和她在一起真的很开心，她带我做了很多我不敢做的事情。她在我的心里变得越来越重要，我常忧虑：要是有一天她离开了我，我该怎么办？我还能适应一个人的生活吗？

她说："你放心，我会一直陪着你。"她说这话的时候极其认真，让我相信那一刻她真是那样想的。

我和喜欢的那个男生之间，并没有发生任何事情，甚至他可能都不知道世界上有一个人默默地爱着他。

他和我一样在医院上班，是一名实习医生。我还记得第一次见他的时候，他站在我的身边跟我说："我叫吴一纶，你呢？你叫什么？"

我说："我是王子。"

他一脸茫然地看着我，继续问："真名呢？"

"真名就是王子。"

"真是个有趣的名字。"他对着我笑，那笑容像阳光一样照进了我的心房。

从那天之后，我开始无法控制自己的心，目光总是追随着他。有时与他目光相遇，他会对着我笑，笑得很温柔，让周围的一切都黯然失色。其实我知道，他并不是只对我一个人温柔，他对遇见的每一个女孩都是如此。即使这样，我也无法阻止自己去爱他，去想他，去看他。暗恋里夹杂着十足的快乐和十足的痛苦。

我的情绪开始不受控，要是某一天看不到他，我就会变得失魂落魄，甚至在和甄玉玩的时候，都没有兴致。甄玉说："你何必如此折磨自己，你直接告诉他不好吗？"

"不好，我配不上他。"

甄玉直接一巴掌拍在我的头上，说道："我真想打死你，你怎么配不上他？你又温柔，又善良，又贴心，又可爱。你配得上任何人！"

“玉儿，我这样很好，你不用为我担心。”

她看着我，有些无可奈何地叹着气，然后拉着我去酒吧。她说：“难过的时候喝点酒，就什么都忘了。”

那是我第一次见吴歌，他留着长头发，小胡子，一只眼睛被头发遮住了，另一只眼睛笑眯眯地看着我们，穿着一套很嘻哈的衣服，看起来一点都不像个好人。

甄玉指着吴歌跟我说：“王子，这是我男人。”

吴歌对着我点了点头说：“你就是王子？我们家公主可是天天说你，害得我难过了很久。原来你真的是个女孩。”

吴歌幽默风趣，特别善于调节气氛，而且很会照顾人。我一直都知道甄玉有个男朋友，但是从来没有见过。跟他们在一起的时候很舒服，他们对我极其照顾。看着他们甜甜蜜蜜的样子，不知道为什么，我也会觉得幸福。

或许是孤独久了，内心一直渴望这样简单纯粹的幸福；又或许是因为跟他们在一起，我才感受到，在这个世界上我不是一个人，我与这个世界还有一点点联系，也深刻地感受到自己活着。这对于我来说，太重要了。

酒吧里的灯红酒绿，让我寂静的生活变得热闹非凡。吴歌站在台上，深情地唱着情歌，沙哑而低沉的嗓音使人沉醉，竟让我不自觉地湿了眼眶。我突然特别想念吴一纶，那个我偷偷爱着的男孩，不知道他会不会唱歌。如果我真的去表白，他会接受我吗？我们会像甄玉和吴歌一样幸福吗？

突然产生的念头，让我内心涌起了巨大的悲伤，一滴泪落在酒杯里，我将酒一饮而尽，被呛得咳嗽了起来，眼泪哗地一下从眼睛里涌了出来。甄玉听见我咳嗽，走过来拍着我的背，一边轻拍一边说："我的傻姑娘，酒不是这样喝的。"

吴歌看着我的样子，笑得合不住嘴，问我："小王子，是不是第一次喝酒？"

我点了点头，他倒了一杯酒，端起来跟我说："一次喝上一小口，哪能豪饮！"

他们的细心照顾，带走了我的悲伤，让所有的烦恼，随着一个又一个空酒瓶而消散。脑子渐渐空了，晕乎乎的，什么也想不起来了。我听见甄玉跟吴歌说："她醉了。"

早晨醒来的时候，我睡在家里的大床上，甄玉站在我的床边，看见我醒了打趣道："酒神，你醒了？"昨晚后来发生了什么事情，我一点都想不起来了，头疼得要命。想到下午还要去上班，我赶紧从床上爬了起来。

那是我第一次喝酒，从那之后我迷恋上了喝酒，迷恋上了喝酒之后那短暂的眩晕和放空。也可能受到了甄玉和吴歌的刺激，我决定去向吴一纶表白。甄玉听到这个消息，惊奇得跳了起来。她拉着我说："榆木脑袋开窍了。"

我特意让甄玉帮我化了一个淡妆，还专门去理发店做了头发，换上了一条从未穿过的公主裙，向医院走去。路上我无数次在内心演练见到他的时候我要说的话，手紧张到出汗。

离医院越近，我的心跳得越快。在医院的大门口我看见了他，他从车上下来了，我思量着该怎样开口。就在这时，车上又下来了一个女子。

那个女子挽着吴一纶，两个人有说有笑的，十分亲密。我站在远处看着，像一个偷窥狂。吴一纶在那个女子的脸上落下了一个吻，又抱了抱她，两个人才依依不舍地分开。他看起来是那样幸福，就连走路的时候都像风一样快乐。

我早就应该知道，他会喜欢那样的女子，而不是我这种。我忘记了我是怎样回到家的，那天是我上班之后，唯一一次请假。知道吴一纶有女朋友，让我很痛苦，不过那种痛苦并未持续太久，取而代之的是一种前所未有的轻松。

就像小时候，失去父母的爱一样，没有什么大不了的。我必须承认自己是透明人，也必须承认，我永远是这个世界上可有可无的角色。我瞬间清醒了，我竟然忘记了这些，真是可笑，竟然妄图去争取这个世界上从不属于我的东西。

甄玉一直追问我表白之后的结果。我说："他拒绝了我。"

听到这个，她又开始咋呼了，骂了吴一纶整整一个小时，什么狗眼瞎了，有什么了不起，一辈子单身……可多词了，这让我很佩服她，原来骂人竟然有这么多花样。

清醒之后，我的生活恢复了正常，我无法停止爱他，却再也不敢对他有任何期待，也没再跟甄玉说起过他。甄玉问我的时候，我就会告诉她，我已经死了心。她看起来很满意，信誓旦旦地说要给我介绍更好的男人。

我不知道她为什么一直留在我身边，毕竟像我这样的人什么也没有，没钱、没势，还无聊、无趣。但是她却从未放弃我。说实话，某些时刻我很羡慕她，甚至忌妒她，她拥有我所没有的一切。

有一天，她问我："如果我爸爸是杀人犯，你还会和我做朋友吗？"她眼神里出现了少见的悲伤，让我心疼。

"那又怎么了，你还是你。"我抱住她。

她开心地说："我就知道你和别人不一样。"

我开始明白，她为什么留在我身边，为什么一直赖着我。从本质上来讲，我们都一样，一样孤独，只是我们面对孤独的方式不同罢了。

三

我没有想到甄玉这样的女孩，竟然有着那样的过去。

我很少见到她生气，或者有其他情绪。她总是对生活充满热情，身边有很多朋友，活得潇洒肆意。就连她跟我讲自己曾经经历过的那些暗无天日的生活时，都像是在讲别人的故事，冷静而平淡。

可能谁活着都不容易，每个人都有属于自己的秘密。

甄玉八岁的时候，父亲因为过失杀人而坐牢。她一直背负着杀人犯女儿的身份过了很多年。直到她考上大学离开家，生活才恢复了平静。

她说："我妈妈长得很漂亮，我从没有见过比她还美的女子，可是有时候美是一种原罪。”

她的爸爸和妈妈是自由恋爱的，所以小时候，她生活在一个极其有爱的家庭里。爸爸会把她架在脖子上，带她去游乐场。晚上妈妈会讲故事哄她入睡。她一直像公主一样生活着，直到发生了那件事。

那天，她被父母送回了爷爷奶奶家，再次回来的时候，所有人都喊她杀人犯的女儿。她不解地问妈妈发生了什么事。

妈妈只说：“你爸爸是世界上最好的人，你要永远记得。”

甄玉不解地问：“那为什么大家都叫他杀人犯？”

妈妈说：“有些事情你长大了就懂了。无论别人怎么说，你都要记得，你的爸爸是世界上最好的爸爸 。”

那天到底发生了什么事，甄玉不知道。只知道，从那天之后，爸爸很久很久没有出现在自己的生活里。

小甄玉哭着喊着要爸爸，妈妈就把她抱在怀里说：“爸爸去了很远的地方，过些年就会回来，所以玉儿要听话，要好好吃饭，好好睡觉，等着爸爸回来。”

甄玉渐渐长大，懂事。她开始追问：爸爸到底去了哪里？做了什么？为什么每个人都喊他杀人犯？在甄玉十三岁生日那天，妈妈把发生的一切都告诉了她。

讲到这里甄玉停了一下，看着我说：“王子，你说这个世界上什么是恶，什么是善？”她说这话的时候，看起来极其迷茫。

原来那天爸爸和妈妈下楼散步，谁知道遇见了一个酒鬼。酒鬼看见貌美如花的甄玉妈妈，起了色心，把手伸到了妈妈的身上，言语之间满是污秽下流的话。甄爸爸为了保护妻子，推了那酒鬼一把。谁知道，那个人没有站稳，向后倒了下去，头撞到了路沿的拐角处。酒鬼被送到医院之后，没有抢救过来。警察带走了父亲，法院以过失杀人罪，把父亲关进监狱。

“王子，你觉得我爸爸错了吗？”

我走过去抱着甄玉，她两眼无神地静坐着：“为什么会是这样？为什么？这难道就是命吗？”

我不知道该说什么，只能紧紧地抱着她。甄爸爸坐牢之后，周围的人都开始对他们一家敬而远之。甄玉的奶奶甚至不让她妈妈进门，一直骂她是狐狸精、扫把星。几乎所有人都觉得是因为妈妈，甄爸爸才进了监狱，没有一个人去责怪那个死去的酒鬼。

那些年，妈妈过得很艰难，一边打工一边照顾甄玉。有很多不怀好意的男人，常常来到她的家里，借各种各样的名义，想要占妈妈的便宜。她常常看见妈妈拿着爸爸的照片默默流泪。在很长一段时间里，甄玉都没有朋友。

甄玉问我："你知道这样的感受吗？世界静得能听见自己的呼吸，让人害怕。"

我怎么会不知道这样的感受，我和她有什么区别？我们曾经过的是一样的生活。但她比我幸运，至少她的父母一直爱着她。而我呢，什么也没有。

我说："亲爱的，以后我会陪着你，一直陪着你。"

甄玉轻声说："你知道那天我为什么过去跟你说话吗？你一个人发呆的样子，像极了曾经的我。看得我心疼。在那一刻，我就想和你做朋友，陪着你。"

在此后的很多年，我和甄玉真的就没有分开过，一直存在于彼此的生命里。甄玉跟我讲完她的故事之后，小心翼翼地看着我，问："你会远离我吗？"

我蹲下来看着她的眼睛说："亲爱的，不会。我要谢谢你，谢谢你来到我的世界，也谢谢你跟我讲你的故事，我永远爱你。"

她那双暗淡无光的眼睛，忽然有了光，渐渐从刚才的悲伤中脱离出来，又恢复到了以前的样子。她转过身，看着我说："王子，以后我会罩着你。谁敢欺负你，我会揍死他的。"

我还是喜欢这样的甄玉，这才是她该有的样子。我们在一起那么久，几乎都是她在照顾我。那天之后，我一直在想：我该做些什么？以前都是她打电话给我，我决定以后主动打电话给她，希望能够多为她做些什么。

这样的转变，让甄玉极其不适应。她一直拉着我问："是不是发生什么事了？"纵然我说了好多次"没事啊"，她还是不放心，又问了好多遍。我无法告诉她我想多为她做点事情，我怕这样的行为会伤害到她。我知道，我们都一样，惧怕别人的同情，同情是我们最不需要的感情。

后来甄玉笑着问我："王子，你说，你是不是爱上我了？我可告诉你，老娘喜欢男人。"

因为她过激的反应，让我想对她更好的计划以失败而告终。我们之间的相处模式又回到了以前，对甄玉来说，这样可能更舒服一点吧！

我的暗恋持续了半年多，直到吴一纶实习完毕，离开了医院。他走的那天，跟我说："王子，认识这么久，还没有你的微信，加个微信吧！以后常联系。"

我掏出手机加了他的微信，我不知道他为什么要加我微信，不过对于自己喜欢的人的要求，我总是无法拒绝，即使知道我们之间没有故事，也想知道关于他的消息。

吴一纶离开之后，我上班的日子变得更加无聊。在医院里，每天都有人病，有人死，有人崩溃。而这一切，丝毫影响不到我。照进我心里的光没了，我的世界瞬间就暗了，我对什么事情都失去了兴趣。

晚上下班之后，我会点开吴一纶的朋友圈，看他在做什么。有时会悄悄地点个赞。他的朋友圈，一点都看不出来有女朋友的样子。没有女孩的照片，只是偶尔发个牢骚，吐槽上班太累、路上太堵、食堂的菜太难吃，甚至连过节的时候，都没有看到那天我遇到的那个女孩的照片。

有时候我会猜测，或许他一直都是单身，那天见到的那个女孩可能是他的妹妹。至于事实究竟是怎样的，我永远无法得知了，他已经离开了我的世界，我们之间再无可能。

只是让我没有想到的是，元旦前夕，他发微信给我："王子，最近好吗？"

看着这句话，一时间我不知道怎么回复。我只好请教甄玉："你说他为什么发信息给我，他想做什么？"

甄玉说："可能他想约你。"

她又想了想，说："你不要回他，他不是拒绝你了吗？"

于是我把那天看到的一切告诉了甄玉，甄玉说："你这个傻瓜，你要是还喜欢他，就跟他聊聊。"

果然，甄玉说得没错，他是想约我一起过元旦。这让我一时间不知道该喜还是该悲，那天他和那个女孩在一起的画面，一直出现在我的脑海里。不过我还是决定去见他，毕竟我爱了他那么久，这是唯一的机会，我必须抓住。

在我答应吴一纶一起过元旦那天之后，他每天都会发微信给我，问我吃饭了吗，有没有起床，上班累不累，要多穿衣。这样的关心让我极其不适应，毕竟从小到大，除了甄玉，从未有人如此关心过我。不过被人关心的感觉，真不错。

甄玉说："王子，恭喜你，终于要和你的男神在一起了。"她看起来并不开心，不过对此我并没有太在意，只沉浸在吴一纶的温柔里。

元旦越来越近，我越来越紧张，拉着甄玉陪我买衣服，缠着甄玉教我化妆。甄玉问我："你会不会恋爱之后，就不要我了？"

我抱着她笑着说："你怎么了？看起来不像你了。"

元旦前一天，甄玉说："我和吴歌准备去旅行，可能要离开一段时间，你要好好的。"

我说："好的！"

元旦终于到了，那天街上很热闹，到处张灯结彩的，各个商家都用尽全身解数做活动。我接到吴一纶的电话，他说："王子，三点见。"

我穿上精心挑选的衣服，化了一个淡妆，出了门。在约定的地点，我看见了站在人群中的吴一纶，一米八的个子，穿着一件黑色的长大衣，棕色的围巾，像明星一样闪耀。我慢慢地向他走去。

后来甄玉问我："你后悔吗？后悔那天的决定吗？"

四

多年之后，我还会想起那天，想起吴一纶。不知道我在他心里到底算什么？

吴一纶冲着我招手，我从拥挤的人群中穿过，离他越来越近，直到站在他的身边。他个子很高，我需要仰着头才能看见他的脸。他说："我们走吧，去吃饭，我订了餐厅。"

我跟在他的身后，一起在人群里穿梭。看着他的背影，我觉得好不真实。我暗恋的那个男孩，就在我的前边，他要跟我约会。我的心渐渐苏醒，嘴角不自觉地上扬。街道上人特别多，他腿很长，走得很快，我需要小跑着才能跟得上他的节奏。他转过身，很自然地拉起我的手说："别走丢了。"

不知道为什么，我的脸突然好热，任由他拉着手。他的手掌很大，很暖，把我的手掌完全包裹在他的手里。虽然已经是冬日了，我却感觉不到一点寒冷，身体潮热，掌心渗出了汗。我们挨得很近，像极了情侣。这应该就是恋爱的感觉吧！我心里想着。

进了饭店，他主动帮我拉开椅子，把大衣贴心地挂在椅背上才回到他的座位。那是我第一次当主角，这种被呵护的感觉让我有些恍惚。刚坐下来，甄玉发来微信问我："王子，约会的感觉怎么样？"我回她："正在吃饭。"

吴一纶看着我："你笑什么呢，这么开心？"

"和闺密聊天呢。"

他笑着说："你笑起来真可爱，你应该多笑笑。"

听到他这么说，我一时不知道怎么回了，甚至手都不知道放在哪里，低着头静坐着。

他招呼了服务员过来，很贴心地问我吃不吃辣，有没有忌口的东西，喜欢吃什么菜。我连忙说："我什么都可以。"

他指着几个菜对服务员说："先来这些，不够我们再加。"

因为过节，餐厅人很多，大多数都是年轻男女，紧紧相依。不知道我们以后会不会像他们一样，成为彼此的幸福。吴一纶点完菜之后，一直微笑着盯着我看，我问他："你一直在看什么？”

他说：“当然是看你。”

“我有什么好看的？”

“你很好看，你不知道吗？”

“你确定你说的是我？”

“我非常确定！”

他说得很坚决，这让我觉得他也喜欢我。刚这么一想，我又觉得自己太过自信了，毕竟我什么样自己还不清楚吗？个头小，身体瘦弱，不爱笑，单眼皮，塌鼻子，除了一张瓜子脸之外，几乎没有美女的特征。

吴一纶又笑了，他说：“你为什么总是看起来那么淡漠，让人不敢靠近你？”

“你说的是我吗？我都不知道原来我给别人的印象是这样。”

“是啊！科室里好多人都这么说。”

“我只是不知道怎样和别人交流。”我转过头看着窗外，他笑起来太好看了，我根本不敢直视他的眼睛。

他说：“你和你的名字一样特别。”他的语气极为诚恳，让我当了真。

“你为什么要约我？”我突然问出了这样一句话，这句话刚一出口，我就后悔了。应该没有人像我这么傻，这样说话吧！

没想到，他并没有直面我的问题，而是反问我："你觉得呢？"

"我不知道，才问你。"其实这一刻，我异常紧张，我害怕所有的期望都是一场空，毕竟我偷偷爱了他那么久。

"你真是傻得可爱。"他依然没有给出明确的答复。这时服务员端着菜上来了，打破了这尴尬的局面。我有一丝丝失望，或许他就是因为无聊而已，我又自作多情了。

这样的念头，让我的心情变得极为烦躁。刚才的幸福在瞬间就消失了，他贴心地帮我添水、夹菜。我静静地坐着吃菜，不知道该说什么。他也一样，在静静地吃菜。

长久的沉默之后，他说："王子，你真的不知道，我为什么约你一起过新年吗？"

我被他的质问弄得莫名其妙，放下筷子看着他说："我是不是应该知道？"

他长长地叹了一口气说："除了因为喜欢，你觉得一个男人还会因为什么约一个女孩？"他看起来很生气，可我不知道他为什么生气。不过这个答案，我很喜欢。这就说明，我喜欢的人，也喜欢我。这突然降临的幸福，让我有些蒙。

我低着头继续吃饭，我能感受到他的目光一直跟随着我。

“头别低了，都快到碗里去了。”

我被他的打趣惹笑了，笑出了眼泪。他紧张地看着我问：“你怎么了？别哭，我是不是说错什么了？”

我说：“从来没有人跟我说过他喜欢我。我一直以为自己是个很多余的人。”

吴一纶眼神暗了一下，很快就恢复了正常，那种变化很微妙，常人几乎看不出来。

他说：“你很好，很可爱。”

我没有告诉他，我有多爱他，也没有回应他的表白。

那一顿饭吃了很长时间，那是我第一次和男人说那么多话，是我第一次和男人约会，也是我第一次感受到这个世界上有人在乎我，那种感觉真好，让我上瘾。

从饭店出来的时候，已经六点多了，他提议一起去看电影。在路上，他一直拉着我的手，我们一起穿过大街小巷，走进了电影院。

他买了爆米花和咖啡给我，电影院和餐厅一样，人挤人。吴一纶就坐在我的身边。我忘记了那天看的是什么电影，我只记得他的侧脸很好看，对我笑的时候，很温柔，那一刻我很幸福。

我们一起看电影，一起逛街，跟着一群人一起跨年。倒数着五、四、三、二、一。零点的钟声敲响，我和我爱的人一起走进了新的一年。在人声鼎沸的世界里，我与他并肩而立，看着这座城市。

他转过身对我说："王子，我可以做你男朋友吗？"

我忽然想起那天，他亲吻的那个女孩，他也是这般温柔，快乐。

我挣开他的手，然后说："我想想。"

他脸上的笑容突然凝固，像雕塑一样立在原地。我头也不回地离开了他。我怕多待一秒我会忍不住扑进他的怀抱，告诉他我愿意，无论他曾经和谁在一起，我都无所谓。

凌晨一点多了，街上的公交车已经停了，我一个人漫无目的地走在大街上。我很想给甄玉打电话，可是看看时间，她应该已经睡了吧。我打开手机，除了甄玉的，没有一条信息。在这个世界上，除了甄玉，我就是一个可有可无的人，渺小得连蝼蚁都不如，又怎能配得上他的爱呢？

我不知道在街上走了多久才到家。到家的时候，已经凌晨三点多了。房子冷冷清清的，一点声音也没有。我坐在沙发上，翻看着吴一纶的朋友圈。

看到了那一行字：原来我不配拥有爱。更新时间是凌晨一点三十分。那是他第一次更新除了生活以外的话题，是因为我吗？我的脑子瞬间乱了，很想很想打电话过去告诉他，我很爱他，我要和他在一起，可是理智最终战胜了冲动。我合上手机，开始喝酒，我讨厌这样清醒，讨厌这种完全不受掌控的生活。

一瓶又一瓶，我的世界开始模糊，眩晕，最后脑子一片空白，什么也想不起来了。

五

这世上没有一种爱是不伤人的，只要你动情，就会受伤。只是很多道理都是经历了才会懂，即使别人告诉你真相，你也未必相信。

那天之后，很长时间吴一纶都没有联系我，他的朋友圈也没有再更新过。我总是在不忙的时候，想起和他约会的那天。

医院的工作依然压抑而繁忙，早晨刚上班，同事告诉我，一个女孩去世了。去世的女孩得了白血病，家里花了很多钱，最终还是没有救过来。你看生命就是如此脆弱，我一边伤感，一边感慨，比起活着，死去好像更容易，再也不用去面对生活里的各种无奈。

我没有想到自己会成为护士。小时候只有一个念头：快快长大，快快离开家。为了这个目标，我一直努力读书，成绩中等。高考那年，超常发挥，成绩过了二本线。

老师说，女孩将来做个医生也不错，于是我就选择了一所医学院。为了轻松一点，我选择了护理专业。毕业之后来到目前工作的这家医院实习，再后来就留了下来。带我的老师说："王子是我见过最冷静的实习生，这是一个护士最需要的东西。"于是，我顺理成章地成了这家医院的护士。

只是他不知道，我不是冷静，而是冷漠。自认为所有人都与我无关，因此才会没有情绪。我又想起吴一纶对我的评价：你为什么总是看起来那么淡漠。对，我喜欢这样，我害怕付出感情，就像我的父母、我的弟弟、我的姐姐，我爱过他们，但他们不爱我。时间久了我就知道，这世上没有人需要我的爱。

甄玉不在的时候，我又回到了以前的生活状态。下班之后，会乘公交车，一直坐到终点。从终点上另一辆公交车，坐着，看着这座城市发呆。夜深了，下车，走着回家。我不知道我在找寻什么，只是无法停下来。停下来的时候，我就会觉得活着毫无意义。

有时，我会在网上看小说。我喜欢一个作家，他喜欢写这个世界上的小人物。我每天都会去看他写的文章，关注他的微博、微信公众号。他的生活和我一样，无趣而无聊。

我会给他留言，写很长的生活状态，只是他从来没有回过我。不过也对，喜欢他的人那么多，他怎么会注意到我呢！他并不是只不回我的信息，而是不回任何人的信息。他的文字总是透着寂寥和孤独，不知道他会不会也觉得生活毫无意义？

甄玉离开了一个月，每天都会打电话给我，描述着外面的世界。她去了云南，住在大理的古镇。她发照片给我看，照片里她靠着吴歌，笑得很开心。她的笑容像太阳，看着都让人觉得温暖。可我不知道，她是否真的过得快乐。

她告诉我她很想我，又啰啰唆唆地嘱咐我要一个人好好吃饭、睡觉，等她回来。我不清楚，我们之间是什么样的关系，她总说她是我的朋友。我很怕她有一天不再需要我，只是这一切，我都没有告诉她。

关于那天我和吴一纶之间发生的故事，我并没有全部告诉甄玉，我只说："约会之后，再没有见过面。"甄玉愤愤不平地说："狗日的，渣男。"她骂人的时候，极其可爱。

说实话，我很喜欢她，喜欢这个真性情的女子，即使生活给了她很多苦难，她也是迎难而上。而我像极了一个懦夫，缩在自己编织的盔甲里，拒绝与这世界产生联系。甄玉说：“王子，你适合出家，青灯古佛，无欲无求。”

我觉得她说得对，那应该是一种不错的生活。

拒绝了吴一纶之后，我并没有得到解脱，反而更加想念他。每时每刻都会想到他，想到他的温柔，想到他的落寞，想到他失望的脸。

夜里，我常常梦见他，梦见我成了他的女朋友。有一次，梦见我们在一片花海里奔跑，他紧紧握着我的手，转过头对我微笑。天上没有太阳，乌云压顶，花海周围是一片荒野，风很大，呼呼作响。

忽然吴一纶消失不见了，只留我一个人在原地。我沿着花海一直跑，一直跑。跑到路的尽头，面前是深不见底的悬崖，我纵身一跃飞了起来，被黑暗吞噬。我突然醒了，醒了之后，我想起刚才的梦，想起刚才那纵身一跃。这应该是我想要的，是我一直想做而不敢做的事情。

抬起头看外面的世界，静得可怕。天还没有亮，打开手机看了一眼，才凌晨三点多。梦醒之后，再也无法入睡，我开始躺在床上看小说，是我喜欢的那个作家。他的小说《云端》更新了。故事的主人公，一直尝试自杀，用各种各样的方法，每次自杀之后，他都会回到小时候，重复之前的生活。长大之后，过着落魄而无聊的生活，在无能为力的时候，再次自杀，可是永远死不了。

不知道是什么样的人能写出这样的作品，我对作者产生了极大的兴趣。这个世界上会不会有一个人和我过着一样的生活？我在心里想。这个作者叫无戒，看着名字，应该是个四五十岁的大叔吧！我在他的小说下面写下我刚才的梦。

没想到他竟然回复我了，他说："每一个人在生活艰难的时候，都渴望这样的解脱。可是这样的选择，并不能解决人类的痛苦，它不是终结，而是另一种开始。"我忽然理解了他这部小说的意义，这应该就是他想告诉读者的道理。

天亮了，新的一天开始了，我又重复着以前的生活。那天下午，我再次收到吴一纶的微信，自上次分别之后，我们已经有半个月没有联系了。他说："王子，你还好吗？晚上一起吃饭。"

我说："好。"

原本我是想拒绝他的，可是我不得不承认，我很想念他，想要再次见到他。人类的感情就是这样奇怪，总是不受控的。我决定放纵自己一回，这次我并没有特意打扮，而是素颜，随便穿了一件外套，就去了。

他比之前瘦了很多，那张脸看起来更加英俊了。他站在我的面前，冲着我笑。他的笑总是能够轻易融化我。我一直困惑我对吴一纶的感情到底是不是爱，因为我喜欢一切温暖的东西。比如：夏天。比如：像甄玉和吴一纶这样的人。

他问我："你想吃什么？"

我说："路边摊，吃烤肉，可以吗？"

他说："会不会太冷了？我知道一家烤肉店不错，我们去那里，可以吗？"

我说："行。"

他挥手拦了一辆出租车，报了地址。我们一起上了车，他坐在我的旁边，我转过头看着他。他似乎感受到了，转过头盯着我问："你在看什么？"

我说："我在看你。"

听到我的回答，他又笑了，又一次把我的手握住。我们挨得很近，我能闻见他身上的味道——淡淡的烟草味。他若无其事地看着窗外，努力表现得很自然。我只能笔直地坐着，不知道该说什么，该做什么。

我看见出租车司机看了一眼镜子，脸上浮现出一丝若有若无的微笑。他应该看到了吴一纶握着我的手。车子慢了下来，停靠在路边。下了车，吴一纶握着我的手终于松开了。

他跟我说："就是这家店，我经常来，味道很好。"

我跟着他一起进了这家店。店里人不多，我们选了一个靠窗的位置坐了下来。这一次他看起来很拘谨，没有我上一次见到时那么大方。依然是他点的菜。

他看着我问："王子，你喜欢什么样的男孩子？"

我说："我不知道，我没有喜欢过男孩子。"

他有些惊讶，又问："你难道喜欢女孩？我知道你身边有一个长得极美的女孩。"

"是呢，我很喜欢她，她是我唯一的朋友。"

他脸上的表情十分迷茫，叹了长长的一口气，又说："你会喜欢我吗？"

他又一次问了我这个问题，这让我一时间十分为难，我很想告诉他，我很喜欢他，可是那句话怎么也说不出，嘴里冒出了一句："我不知道。"

他没再追问，而是说了一句我听不懂的话："原来你们都一样。"

我不懂他说的是什么意思，只是他看起来是那么痛苦。

我们一边吃饭，一边喝酒。喝了很多酒，喝到我们都站不起来了。那晚，我知道了他身上发生过的所有故事。

六

听完吴一纶的故事，我决定陪着他，无论以什么样的身份。那一晚他看起来是那么孤独，那么痛苦。后来甄玉问我什么是爱，我想应该是明明知道会痛苦，依然选择义无反顾。

吴一纶喝醉了，他拉着我的手，喊着另一个女孩的名字，一遍又一遍。他不停地问我：“为什么？为什么不要我了？你说过，我们会永远在一起的。”我看见他哭了，泪水顺着脸颊流淌。我把他带回我住的地方，因为不知道他住在哪里。

那天早晨，吴一纶在我的房间里醒来。他醒来的时候，我刚从外面买早餐回来。他看见我，笑了笑说：“王子，不好意思，昨晚喝多了，麻烦你了。”

我招呼他过来吃早餐，像结婚很多年的夫妻一样，我们相对而坐，吃着包子、稀饭。我们没有说话，他吃得极快，吃完，就拿着外套，从我家迅速离开了，甚至没有跟我告别。

经历过这件事之后，我和吴一纶之间的关系，好像发生了变化。他时常约我一起吃饭，有时让我和他一起喝酒，酒醉之后，会睡在我的家里。我们什么也没有发生，就像朋友一样。他没有再问我是否喜欢他，我与他的相处，就如同我和甄玉一样，没有任何区别。

那天晚上，他又一次喝酒了，我带他回到了房间，他拉着我的手，不松开，我被他拉倒在床上，他俯下身亲了我。他的唇很软，有淡淡的酒气，让我一瞬间失去了思考的能力，等我回过神来，他的手已经放在了我的肚子上。他轻声呼唤着一个女人的名字，我听得很清楚，那不是我的名字。我用尽全身力气推开了他。他昏睡过去，很快传来平稳的呼吸声。

我的房间因为他的到来，打破了原来的寂静，变得暖烘烘的，不再冰凉。他心里装着另一个女子，我不过是他寂寞时找来的替代品。纵使这样，我也舍不得推开他，我开始对生活有了奢望，一想到可以见到他，我就觉得开心。

为了抓住这短暂的快乐，我强迫自己忽略他爱着另一个女人的事实。

我答应做他女朋友的那一天，下着雪，他约我一起吃火锅。

那天我们没有喝酒。在回家的路上他对我说："王子，我们在一起吧！"

我说："好。"可能他一直期待我这样回答，听到我的回应，他看起来很快乐，拉着我在大雪中奔跑。

雪一片一片地落在我们的身上、头发上。我记得在网上看到这样一句话：你看我们就这样一起白了头。他把我送回了我住的小区，在离开的时候，他吻了我的额头，拥抱了我，然后转身离开。好像这一幕在哪里见过，哦，是我准备表白的那天，他曾经对着另一个女子也做过这样的动作。可是这又有什么关系呢，一切都过去了，不是吗？

第二天，甄玉从云南回来了，她看起来很开心，坐在我旁边，不停地跟我讲述她在外面的故事。她问我和吴一纶的故事。我跟她说我们在一起了，并且说了我们之间发生的一切。

她听完之后，异常愤怒。她拉着我说："你脑子坏掉了吗？他不爱你。你看不出来吗？还要和他在一起？"

我无法理解甄玉的愤怒，任凭她怎么说，我都没有解释。

她十分生气地离开了我的家，临走时她对我说："你会后悔的。"

那是我和甄玉第一次吵架，这使我感觉非常难过。我不知道她为什么不能够理解我，为什么不让我去爱一个我想爱的人。她说："你真的就那么缺爱？一个渣男，你也不嫌弃。"

她到底不是我，怎么能理解我呢？和甄玉吵架，让我明白了一个道理：没有谁能够真的理解我。她根本不懂我想要什么。

甄玉离开之后，我给吴一纶打电话，让他过来陪我。他告诉我正在值班，下班之后才能过来。我一个人坐在房间里喝酒，那种感觉很不好，好像被全世界遗弃了一样。人就是如此奇怪，没有的时候，一点都不觉得难过。一旦拥有了再失去，就会痛彻心扉。那一刻我后悔认识甄玉，要是没有她，我此刻就不会对任何人、任何事产生期待。

吴一纶过来的时候，已经凌晨一点多了。他推开门进来，看到醉倒在沙发上的我，走过来抱着我，问我："你怎么了？王子，发生了什么事？你怎么又喝酒？"

我拉着吴一纶问道："你爱我吗？你说，你爱我吗？"

他没有回答，只是说："王子你醉了。"

"我没醉，我就问你，你爱我吗？"我再次逼问他。

他把我手里的酒瓶子夺了下来，放在茶几上，横抱起我，走进了卧室，把我放在了床上。我拉着他的手继续问："你说，是不是我这样平凡的女孩，不配得到爱？是不是？你说。"

“不是的，王子，我爱你，我会一直爱你。”

“真的吗？你说的是真的吗？那你吻我啊，我们一起睡觉。”

我看见吴一纶脸上出现了不耐烦的表情，可是他还是很温柔地把我的手从他的身上拿了下来，然后为我盖上了被子，说：“王子，你喝酒了，快点睡吧！”

那一晚他没走，睡在我家的沙发上，我们还是什么也没有发生。我们之间除了男女朋友的身份之外，什么都没有，甚至没有爱，没有欲望。我忽然觉得甄玉说得对，他不爱我，一切都是我想象的。我开始后悔，后悔因为这样一段感情而失去一个朋友。

甄玉两天都没有联系我，一直到第三天的时候，我接到一个陌生的电话。是吴歌打来的，他问我：“小王子，你和玉儿怎么了？她这些天一直不高兴，天天在我这里喝酒，怎么劝都劝不住。”

我穿上外套，来到了酒吧，看见在角落里喝酒的甄玉，心忽然就疼了。那是我唯一的朋友，她对我那样好，我却伤了她的心。我走过去，坐在她的身边说：“嗨，你为何看起来那么孤单？”

她抬起头看着我，笑了起来：“王子，你是王子。你个贱人，才来找我。”

我说：“我错了，都是我的错。我们不喝酒了，我带你去吃好吃的。”

她说：“好啊！”

我们和好了，谁也没有提那天的事情，关于吴一纶，她再没有问过。我们像从前一样，一起逛街，一起吃饭，看电影，聊八卦，甚至比以前更亲昵了。

已经腊月了，再过些天，就要春节了。每个人都准备着回家过年，只有我悄悄申请了春节值班。爸爸打电话过来问我：“你几号回来？”

我说：“春节，值班。”

他“哦”了一声，就挂了电话。之后家里再没有一个人问过我。

春节那天，吴一纶和甄玉都回了老家。我在医院值班到十二点，那天晚上的医院很安静，长长的走廊，黑乎乎的。偶尔传来病人的咳嗽声，外面的万家灯火，没有一处是等我归去的。我盯着墙上的钟表，坐在办公室里等着黑夜过去，白昼到来。

七

小时候过年，别人都有新衣服，只有我穿着姐姐退下来的旧衣服。我的名字很多人都觉得非常独特，有趣。对于我来说，何尝不是一种讽刺？我叫王子，却是这个世界上最可有可无的人。而弟弟虽无王子之名，却如王子一样幸福。

家里条件并没有那么好，父母的全部给了弟弟，我和姐姐们一样，都是因为弟弟才来到这个世界上。

即使我和姐姐们一样，过着一样的生活，也一样可有可无，可是我们之间的感情却很淡漠。她们喜欢喊我木头人，也很少跟我一起玩。父母对我倒不是说有多差劲。他们对我的态度就是无视，无论我表现得多好，他们永远都看不到，也不会在意。

我渐渐地找到了在家里的生存之道，就是学会隐身，不给任何人添麻烦。只有弟弟对我很好，总是偷偷把他的好吃的分给我。可是我是那样讨厌他，总是喜欢想方设法欺负他。那时候他还小，会哭着给父母告状。父母会把他抱在怀里，数落我。我就那样看着，从不道歉，也从不认错。

我是家里的老三，听说妈妈为了生儿子，而意外生下了我。我出生那天下着大雪，刚生下来的时候，瘦得像只猴子，接生的婆婆说："这娃不知道能不能长大。"令他们失望的是，我竟然活了下来，还安然无恙地长到了现在。

听说妈妈怀我时，村里人都说，看着像个男娃，爸爸妈妈欢天喜地了很久。六个多月的时候，妈妈为了保险起见，特意找了一个医生看了一下，医生告诉她是个女子，她非常失望。妈妈为此还喝下了堕胎药，肚子疼了几天，我却没有按照他们想的被杀死，而是顽强地活了下来。

早知道活着这么艰难，我就不应该那么坚强，而应该遵循所有人的意志悄悄地离开这个世界。也因此，我成了早产儿，不够月份，就急忙从妈妈的肚子里跑了出来。我在他们的唉声叹气中长大，为了躲避计划生育的调查，在外婆家藏了很多年。一直到弟弟出生，才回到了家。

小时候，家里穷，孩子又多，所有好吃的，基本上都留给了弟弟。对于我们三个女儿，只要能活着就好。父母很忙，每天早出晚归，也赚不了多少钱。

我知道他们辛苦，也明白弟弟对于他们的重要性，他是我们家里的希望，可是我内心依然有很多不甘。爸爸妈妈不在的时候，我和姐姐们都不跟弟弟一起玩，他却总是跟在我们后面，姐姐、姐姐……叫个不停。

我会故意关上门不让他进来，听到他哭，我会有一种前所未有的快感。

长大之后，弟弟渐渐不黏我了，有了自己的朋友。但他还是会偷偷拿自己的好吃的分给我，总是跟我说："姐，你看看你，总是一个人躲在这里干什么？跟我一起玩。"

说实话，我知道在这个家里，可能只有他是爱我的，可是我恨他，把父母所有的错都看成了他的错。他做多少，都无法消除我对这个家的失望。

弟弟并没有按照父母的意愿成为家里的顶梁柱，十八岁时，放弃了上大学。他成绩一直不好，所以不想上学，就离开了家，去了外地打工。家里只有我一个人念完了大学，两个姐姐，很早就嫁了人。家里只剩下父亲和母亲两个人，他们依然很辛苦，很努力地在赚钱。

上次回家的时候，父亲跟我说："你弟弟长大了，也该娶媳妇了。我想给你弟弟买套房子，以后你每月发了工资，就得寄钱回来。"在父亲的世界里，永远只有弟弟，所有的打算都只想着弟弟。

弟弟坐在一旁，脸上有一种无法察觉的悲伤。我无法理解，明明他什么都有，为什么一直不快乐？

上班之后，每个月发了工资，我都会寄钱回家，收到钱之后，妈妈会打电话过来给我说："王子，钱收到了，你好好工作，照顾好自己。"

平时，我们几乎不联系，除了有事之外，他们也不会打电话过来。有时，我也会想念他们，这种感觉很奇怪，或许这就是血脉的神奇之处。他们真的老了，两鬓斑白，背越来越驼，说话声也越来越弱。我以前一直在想，若我是一个孤儿，那该多好，我就不会有期待，更不会有痛苦。直到他们渐渐老去，看着我的时候，脸上多了柔和，我心里某些东西，开始渐渐消失。

大年初五的时候，我接到一个电话，是弟弟打过来的。他说："姐，你在哪里？我在你的城市，我来看你。"

此时，我正在医院值班，刚给一个老人插完尿管。听到他来看我的消息，心里说不出是什么感受，我想应该是快乐。

只是那种快乐，很淡很淡，轻易无法察觉。

我说："你来医院，拿钥匙，先回住的地方休息，我下班才能回去。"

他说："好。"

我在医院门口看见了他，他已经长大了，比我高出一头，能看见下巴上青色的胡楂，棱角分明。同样是单眼皮、塌鼻子，只是长在男人的脸上，有种说不出的英气。从小到大很多人都说，我和弟弟长得像极了双胞胎，可那时我一点都不喜欢他那张和我极为相似的脸。

他站在我的面前，像小时候一样喊我姐。我给他钥匙并发了地址。他拉着皮箱，风尘仆仆，鼻尖冻得发红。我把围巾取下来，递给他说："穿得这么单薄，你不知道这是冬天吗？"

他笑着接过围巾说："谢谢姐，你去上班吧！"

我回到家里的时候，已经晚上十二点了，餐桌上放着两盘菜，应该是弟弟留给我的晚饭。我推开卧室门，看见弟弟已经睡了，他睡着的时候，和小时候一样可爱。

我坐在餐桌旁开始吃饭，饭菜已经凉了。吃着吃着，一滴泪落在我的手上，接着大滴大滴地滑落，无法停止。那一顿饭，具体是什么味道我已经忘记，只记得那种凉冷贯穿我的整个身体，然后化成泪水，从眼睛里夺眶而出。

冬天的夜，有种说不出的孤寂感。我从柜子里拿出被子，铺在地上，睡在弟弟的旁边。半夜醒来的时候，我睡在了床上，他睡在了地上。他睡着的时候，只有很轻很轻的呼吸声，头发遮住了眼睛，睡得很踏实。醒来之后，再次入睡会变得很困难，我又开始看无戒的小说。那个男主再次死去，他吃了大把的安眠药，这一次他依然没有解脱，又一次回到了以前。他正经历着一段感情，这段感情，再次困住了他。我知道他又在策划下一次的自杀。

我在小说下面留言："你为何不让他解脱，何必让他如此痛苦！"

没想到，他又一次回复了我，他说："若是人活着能够这样轻易解脱，那就不是人生，佛曰：人生来就是受苦的。"

他每一次的回复，我都无法反驳，好像他那些话，就是说给我听的。我很想看看这个作者到底是个什么样的人，我翻了他的微博，看了他更新的所有博文，却没有看到他一张照片，也没有找到他关于生活的只言片语。

他就像一个老朋友，陪着我，在每一个失眠的夜里。

我怎么也不会想到，他会成为我这一生最大的劫难。

弟弟在我这里待了三天，他每天都会给我做饭。我从来没有想到，从小衣来伸手，饭来张口的他，竟然会做饭，而且做得很好。我们一起吃饭，饭后出门，在这座我生活的城市转悠。他真的长大了，和小时候完全不一样，好像安静了许多，将我照顾得极其周到。

他跟我说："姐，你过好你的生活就好。不用在意爸爸说的话，我不需要他攒钱给我买房子、娶媳妇，我希望你们都好好的，我就很满足。"

他看起来比我还压抑，时常抽烟，烟瘾很大。我问他工作如何，他总是用各种方法转移话题，看起来一点都不想谈论这个话题，我便没有再追问。我们在一起的时候，不像普通的姐弟那样亲昵，总是保持着适当的距离。

我一直以为像他那样的人，应该是世界上最幸福的人，可是我看见他的状态，好像比我还差，一点都感受不到他的快乐。他给我的感觉十分压抑，像是身上背着一座大山在艰难前行。我发现我对这个弟弟一点都不了解，他离开的那天跟我说："姐，我知道你恨我。但是你知道吗？我和你一样，我们的人生都不是自己选择的。我对不起你，但也无能为力。"

听见他这样说，我特别难过，心像是被插进了一把刀子，那种细微的痛蔓延全身，让我无法动弹。我走过去抱了抱他，那是他从小到大我第一次抱他，他很瘦，全身冰凉，没有一点温度。他在我耳边说："姐，你要快乐，这样我也会快乐。"

我看着他上了车，身影消失在车站，像是没有来过一样，我还在想他最后跟我说的那句话。"你要快乐。"这是他对我的祝福，也是他对我的爱。

原来，我并不是没有人爱，只是我从未给过他们机会。他叫王福，一个很俗气的名字，小时候爸爸妈妈都叫他宝宝，现在也会叫他宝宝。他们希望他将来可以成为一个有福气的人，一生顺遂。现在看来，他并没有像父母期望的那样活着。

我想起无戒那天晚上给我回的信息：有些人生来受苦，不管你得到什么，总是有你无法得到的东西，所以痛苦永远不会离开。

八

弟弟走了之后，我给家里打了电话，跟爸爸说我见到了弟弟。他一听到我说弟弟，语气变得欢快了起来，问了很多关于弟弟的情况。而关于我，他一句话也没有提。

挂电话时，妈妈把电话抢了过去问我："你有没有问你弟弟有没有钱？你有没有给你弟弟一些钱？"

我说："我给了，他没要。"

妈妈说："这傻孩子，过年也不回家，不知道在外面受了多少苦。"在妈妈的心疼中，我们结束了这场谈话。

他们依然如故，我却心中还有所期待。不过好像也不重要了。只是我不知道，以后要怎样面对弟弟。

回家的路上，我脑海中出现了以前与弟弟相处的场景。他十三岁的时候，我考上大学离开了家，每年放假回去，他都会到我房里，也不太说话，就是悄悄给我拿一些好吃的。每次吃饭的时候，他都会跑过来喊我，他一直喊我姐姐，很亲昵。我却很少看他，也很少理他。

一叶障目，应该说的就是我。我忽视他曾经对我的付出，不管出于何种理由，他从小就用自己的方式守护我，我却从来都没有看见过。想到这些，我竟然有些后悔，尤其这次见面之后，这种愧疚感更深了。

我一边埋怨着别人的冷漠，又一边把自己也变成一个冷漠的人，伤害着其他人，如此轮回着。这世间有些爱，好像一直都在错付。

之后，我给弟弟发消息的次数明显比之前多了，而他从不跟我谈自己的生活。每一次跟他聊天，他都会叮嘱我很多事情，好像以前没有他的时候，我一直生活在水深火热之中。有时候，他还会寄礼物给我。

在他的身上，我渐渐找到了我原来缺失的某些东西。甄玉说："王子，我发现你变了好多，变得柔软了许多。"

我给她看弟弟的照片，跟她分享我和弟弟之间的故事。甄玉笑着看着我说："你应该试着去接受生活里的善意。"

这样的改变，的确让我觉得生活比之前更有趣了。不得不说，这个春节，过得很有意思。大概是因为，我终于知道，我并不是完全的透明人，真的有人爱着我。这让我对于我和吴一纶的感情，有了更大的信心。

吴一纶是和甄玉前后脚回来的，一个人过了那么多年，忽然身边朋友、亲人、爱人都有了。这让我极其不适应，甚至患得患失。甄玉一直在我身边，陪我的时间比陪吴歌的时间还要多。有时候，我会带着吴一纶去找甄玉和吴歌，四个人在酒吧里喝酒、聊天、唱歌。甄玉似乎已经接受了我和吴一纶在一起的事实，有时候，还用他来打趣我。

她说："有男人的女人就是不一样，气色看起来好好呀，有没有什么秘诀？"

我不理她，她就会坐在我旁边大笑，笑得前俯后仰。她的快乐总是那样简单，我发现我被她感染了，脸上的表情也丰富了起来，就连同事都说我："王子，你这块千年老冰，有融化的迹象，这太难得了。"

这样的生活，对我来说，就是最好的生活，也是我人生最渴望的状态。我渐渐发现一个可怕的事实，我并没有那么喜欢一个人的生活。我喜欢看着甄玉和吴歌打闹，喜欢看着甄玉和吴一纶两个互撑，喜欢看着吴歌和吴一纶两个一起吐槽女人的矫情，喜欢听他们肆无忌惮的笑声。夜晚，我们一起在人迹稀少的大街上奔跑、唱歌。这迟来的青春，让我第一次觉得人生值得。

春天来了，天气渐渐回暖了。那种刺骨的寒冷过后，一切都复苏了。路边的梧桐树也跟着活了过来，一点一点变绿，生机勃勃。吴一纶会在我上班的地方接我一起回家，我们手拉着手穿过大街小巷，他会给我买很多零食，总是说："你太瘦了，要好好吃饭，胖一点，才会更好看。"

他不再叫错我名字，我们像所有情侣一样，一起吃饭、逛街、看电影。偶尔我们会去附近的山上看日出。他会把我的手，放进自己的口袋，我常常看着他发呆，他会过来，拍拍我的头说："你呀你，就这么喜欢发呆，小脑袋里到底在想什么？"

我说："我在想，我们以后的生活，你说，我们会不会结婚？会生几个孩子？"

他脸上的表情，我有些看不懂，看起来并不是很开心，好像并不愿意谈论这个话题。那一刻，我内心多少有些不高兴。他看见我又开始发呆了，过来抱着我说："亲爱的，这些你来决定，我都听你的。"

恋爱中的女人，真的是无脑的。后来再次想起这天，我才明白，他的未来里从来没有我。我们在一起的这些日子，从来没有吵过架，甚至没有矛盾。这本身就是不正常的，我们的感情就像一杯清水，没有任何作料，非常寡淡。

他没有带我见过他的朋友，没有跟我谈起过他的家庭。我对他的一切，好像都不了解。

我只知道他叫吴一纶，是内科医生。只是当时，我并不觉得这有什么问题。

那年夏天，我和甄玉在吴歌驻唱的酒吧里见到了一个人。那天吴一纶在值班，所以只有我们三个在一起，吴歌说："一会儿我朋友过来，你们会介意吗？"

甄玉问："男的女的？"

吴歌看着甄玉那双发光的眼睛问道："玉儿，你想干吗？你是我的，不准你看其他男人。"

他就是这时候走进酒吧的，一个很清瘦的男孩，寸发，皮肤白净，戴着一副金丝边的眼镜，薄唇，和这里的一切都格格不入。我看见吴歌冲他招手，他咧开嘴一笑，那样子可爱极了。甄玉悄悄趴在我耳边说："哇哇，好帅啊！"

不可否认，这个男人真的很帅，是那种很耐看的男生，不自觉吸引着人的目光。

他就坐在我的旁边，对我和甄玉说："会不会打扰到你们？”

甄玉连忙说：“一点都不会，我们正无聊呢。”

吴歌一把把甄玉拉进怀里，对那个男生说：“这是我女朋友，甄玉。”

甄玉推了一把吴歌，说：“可是他比你帅，我不能看吗？”

吴歌痛心疾首地对那个男生说：“博文，我后悔喊你来了，从小到大，有你的地方，女孩眼光都在你身上，这太不公平了。”

那个男孩又笑了，轻声说道：“谁让你长得丑。”

吴歌说：“你小子，真是一点都没有变，还是那么自恋。这是王子。”他指着我介绍，那个男孩转过头看着我说：“你好，王子，我是闻博文。”

我冲他点了点头，甄玉一直冲着我不停地眨眼睛，不知道这家伙，又在憋什么坏。

闻博文是来这个城市旅游的，吴歌是他的发小，所以他被吴歌邀请了过来。他话似乎很少，喜欢撑吴歌。听他们说话，真的很有意思。我知道那是非常好的关系，才会如此肆无忌惮地开玩笑。

甄玉看着闻博文说：“初次见面，先喝一杯，以后就是朋友。”

他很爽快地端起酒杯一饮而尽。

甄玉又说："帅哥在哪里高就？先来个自我介绍，你看可行？"

他说："目前是无业游民，望你们不要嫌弃我。"说着又端起一杯酒一饮而尽。

吴歌说："你丫的还是这么装，你累不累。"

闻博文却慢条斯理地说了一句："阿歌，你看好你的女朋友，她看起来对我极为有兴趣。"噎得吴歌一句话都说不上来，他转过身，把甄玉的脸扳过来，狠狠地亲了一口说："看到了吗？她是我的，不要打她主意。"

甄玉气得打了吴歌好几下，打得他哇哇乱叫，打完又顺从地靠在吴歌的身上，像是故意在维护着自己男人的面子。

那是我第一次见闻博文，更想不到的是，这个男人就是我喜欢的那个作家无戒。

九

后来很多天，我和甄玉在一起的时候，都会遇见闻博文。甄玉悄悄跟我说："王子，你知道闻博文是干什么的吗？我听吴歌说，他是一个作家。"

"作家吗？那么厉害。"说到作家，我一下子就想起了无戒，那个写自杀游戏的作者。若是能够见到他，我会跟他说什么？想到这里，我又觉得过于天真了，世界这么大，遇见哪那么容易。

甄玉见我发呆，问我："想啥？是不是觉得他比吴一纶帅多了，考虑换个男朋友？"

"才不呢，我又不是你，哪有那么花心。我还是喜欢我的一纶哥哥，温柔体贴，又帅气。那个闻博文看起来那么高冷，跟他相处还不累死。”

“你真这么想？我怎么看你魂不守舍的样子。”

“没有，没有，我什么事都没有。”

事实上，我和吴一纶已经两周没有见面了，他最近好像很忙，甚至连打电话和发微信的次数都少了很多。我们的感情一直都是不温不火的，有时候，我甚至觉得，他根本不爱我。

见不到他的时候，我仍然会很想他，想他在做什么，想起我们在一起的时光。已经到了夏天，房子很热，不上班的时候，我会睡到自然醒，然后，在家里看书、看电视打发时间。日子就这样一天一天地过去了，没有留下一点痕迹。

闲着无聊的时候，我就去看无戒的公众号，在他的文章里，我看到了我生活的这座城市。他发了一些照片，照片里有城市的街道、高楼、小巷子，年代久远的城墙、古楼。

我在他的公众号下面留言：“我和你在一座城市。”

他回了一句：“你的城市很美。”

我很想回一句我可以见你一面吗，可是又觉得过于失礼，他一直没有出现在公众的视野里，或许就是希望大家不要打扰他的生活，我便打消了这个念头。

那天晚上，吴一纶破天荒地过来找我。他过来的时候，我正在厨房做饭，上班时，一直吃外卖，休假的时候，就特别想吃自己做的饭。

听见敲门声，我走过去打开门，看见他站在门口，穿着一件白色短袖，理了短发，好像瘦了不少。他手里提着很多东西，看着我笑。我接过他手里提的袋子说："你怎么买这么多东西？"

他说："给你买的。你在做饭吗？"

"是呢，你刚好可以一起吃。"

"那我给你帮忙吧！"

他洗了手跟着我进了厨房，站在我旁边切菜，阳光刚好从窗户照进来洒在他的脸上，让他本来英俊的脸，显得有些虚幻不真实。这样的日子对曾经的我来说，压根不敢想。我已经做好孤独终老的准备，谁知道我竟然遇见了他，还和他相爱了。

他感觉到我在看他，转过头问我："你怎么又发呆了？菜煳了。"

我这才想起，自己还在炒菜，菜已经粘在锅上，黑成了炭。看着一塌糊涂的菜，我有些伤感地说："唉，我真是笨到家了，什么也做不好。"

他过来摸摸我的头说："你去客厅坐着，我来做。"

我抬起头刚好看见他的脸，忍不住亲了一口。然而他看起来并没有我想象中那么惊喜，眼睛里有很多我看不懂的东西，让我莫名地心慌。

我站在厨房门口，看着他忙来忙去，很快做好三菜一汤。

吃饭之前他特意从带过来的袋子里拿出了一瓶白酒，摆在了桌子上。我问他："吃个饭，还要喝酒吗？"

他没有立马回答我，只说："王子，你先坐下，我有话要跟你说。"

那是我第一次见他如此严肃，我木然地坐在桌前，刚才做饭时的幸福感忽然全部不见了，只剩下忐忑不安。他拿起酒瓶倒了两杯酒，一杯给自己，一杯给我。倒完酒，他便坐了下来开始吃菜。我一直看着他，等着他跟我说到底发生了什么事。可是他一直都没有说话，只是一杯又一杯地喝酒。

我终于忍不住问道："你怎么了？发生了什么事？你这样我很担心你。"

他这才停下手里的动作，看起来有些微醉，低着头说："王子，我们分手吧！"

"你说什么？分手？"我有些不敢相信他说的那句话。

他慢慢地抬起头，看着我说："我对不起你，可是她回来了，她说还想和我在一起。"

“那我算什么？”

听到我的质问，他说：“我知道，我这样很混蛋，我对不起你，可是，我真的很爱她。”

后面他说了什么我完全不记得了，只记得我答应了他分手的要求。然后他就走了，带走了他所有的东西，像他从来没有出现过一样。离开的时候，他跟我说：“你是个好女孩，你值得拥有更好的。”

我们在一起一共七个月零八天，我们在一起什么也没做，这一场恋爱当真是谈了个寂寞。

后来我知道了关于他和那个女孩所有的故事，我在他心中，不过是个替代品而已。只是那时候，我已经不难过了，就像接受了父母不爱我的事实之后，我学会了一个人生活。

吴一纶的离开，让我更加确定，我不配得到爱，更不配拥有幸福。孤独是我的宿命，做好透明人该做的事情，才是我应该做的。我不该产生奢望，奢望我可以和所有人一样，拥有平凡而幸福的生活，拥有一个家、一个爱我的人。

甄玉抱着我说：“王子，你想哭就哭吧，你这样看得我难过。”

哭？我为什么要哭？我不过是回到了从前的生活而已。甄玉不再说话，拉着我从床上下来，帮我换好衣服，带着我去了吴歌的酒吧。

那天我再次见到了闻博文，他坐在一个没有光的角落里抽烟，手指修长，烟雾从他的薄唇里飞出来，有说不出的美感。他很瘦，瘦得让我心疼；黑色的眼睛里没有光，深不见底，你无法感知他的情绪。看见我们，吴歌热情地冲我打招呼，甄玉拉着我坐到了闻博文的旁边。

他灭了手里的烟，继续着刚才的动作，对我们的到来没有任何表示。甄玉看着闻博文说："你就是这么对待美女的，见面连招呼都不打？"

闻博文冷傲地说："我对美女不感兴趣。"

"你这样的人，活该孤独终老。"甄玉的这句话是说给闻博文的，但在我听来，好像是为我量身打造的一样，让人难过。酒吧依然很热闹，这样的热闹，显得我更加可怜、可悲。

"孤独终老有什么不好？"我和闻博文几乎同时说出这句话。吴歌和甄玉张大嘴巴看着我们："你们这是心有灵犀还是志同道合呢？"那两个人笑得花枝乱颤，好像发现了什么惊天大秘密一样。

闻博文看了那两人一眼，说了一句"无聊"，然后继续喝酒。

甄玉问吴歌："这样的人，你怎么和他做朋友这么多年？"

吴歌说：“要是我不做他朋友，他不就没有朋友了吗？你想想他会多可怜。”

我转过头看他，在他身上像看到了自己。或许我们都一样，一样和这个世界格格不入，我也拿起一瓶酒开始喝。

甄玉看见我喝闷酒，过来坐在我旁边，陪着我。最后我们都喝大了，只有吴歌一人因为工作的原因，幸免于难。酒醉之后的闻博文和平日里完全是两个样子，又是跑到台上唱歌，又是拉着吴歌说要赋诗一首。

吴歌嫌弃地看着他，又细心地照顾着他。可能他内心也想做这样一个肆无忌惮的人，可是为什么他要把自己藏起来呢？这世上每个人都有自己的故事，这故事永远不能和别人分享，会捆着你一辈子，无法解脱。

我和吴一纶的故事就那样结束了，他再也没有给我发过一条信息。我再打开他的朋友圈时出现了一条横杠，我不知道他是把我删除了，还是屏蔽了我。这让我这么久的坚强，瞬间崩塌。眼泪止不住地顺着脸颊流淌，我以为我可以假装不在意，我以为我可以很快忘记他，我以为我不过是又回到了从前而已。

可是他确实真实存在着，和他在一起的点点滴滴，总是出现在我的脑海中，是那么真实，让我无法忘却。果然爱到最后，除了伤害，什么都不会留下。

我哭着删除了吴一纶的微信，却无法哭着抹去我们之间的一切。

这段感情困了我很久很久，让我再也无法对爱情产生任何幻想。

那天之后，我很久都没有见过闻博文，吴歌说他走了。这些年他一直流浪，从一个城市到另一个城市，冬天的时候，会回到乌镇住下来创作，来年春天，他会继续流浪，平时写点文章赚点稿酬过活，这么多年一直一个人。

“他写过什么？让我也去看看。”我问吴歌。

吴歌说：“我记得他的笔名好像是无戒，他写过什么我还真不知道，我从来不爱看那些。”

“你是说无戒吗？那个写小说的无戒？”

“嗯嗯，是呢，你认识吗？”

“我看过他的作品。”

世界有时真的很大，大到我时常觉得好孤独；世界有时真的很小，小到我转过身就能遇见你。

十

我万万没有想到闻博文就是无戒，这个消息让我开心了许久。我依然会去看他的小说，他那部《云端》已经完结了。

结局的时候男主自杀了七次，把以前的生活重复了七次，最终依旧没有获得解脱。最后一次自杀之后，他回到了十八岁，变成了一个开朗的男孩子，遇见了一个女孩。女孩天真烂漫，用爱拯救了他。男主在这个世界上终于有了牵绊，有了活下去的勇气。我记得他的书里有这样一句话：“死并不需要勇气，相反活着才需要勇气。”

活着才需要勇气。这句话应该是他说给自己的吧！我想起他一个人坐在酒吧角落里抽烟的样子，他习惯性发呆，在跟人正聊天的时候，忽然就开始发呆了，没有人知道他在想什么。

吴歌说闻博文一直在流浪，写书只是他谋生的手段。可是能写出这样文字的人，不就是天才吗？而他好像对这一切很漠然。没有人知道他想要什么。

之后的两年里，我都没有见过他，我的生活还是如从前一样重复着。直到我二十六岁那年，在网上看到一则消息：知名小说家无戒在旅馆自杀未遂，没有人知道他身上发生了什么，他本人疑似患有严重的抑郁症。

那年，吴歌和甄玉两个人去了西藏，我一个人在西安生活。在甄玉离开的很长一段时间里，我都无法适应，孤独时刻侵蚀着我。可是我不得不接受，甄玉并不能完全属于我，我不能自私地把她捆在身边。正是无戒的文章陪着我度过那个阶段，让我渐渐明白，孤独才是人生的常态，生活中的幸福，都是老天的眷顾，我们应该试着接受。

看到无戒自杀的消息，除了震惊之外，我竟然有些心痛。就在这时，我接到了吴歌的电话，他说："王子，麻烦你能去苏州看一下闻博文吗？他一个人在医院，我这里一时走不开。"

我想都没有想就答应了，吴歌被感动得痛哭流涕。我听见甄玉在一旁说："我就知道王子一定会帮忙的，你不要着急了。"

挂完电话，我回到医院，跟护士长说："家里有事，可能要请半个月假。"

这是我上班三年来，第一次请假。以前每一次需要加班，我都是自告奋勇第一个报名，他们都叫我工作机器。可能因为我平时表现太好了，所以护士长痛快地同意了我请假。

请假之后，我拉起皮箱奔向了车站。在车上，吴歌把闻博文住院的信息发给了我。到了苏州站的时候，已经晚上十一点了。这是一座完全陌生的城市，虽然已经很晚了，但车站依然灯火通明。

刚出车站，预约的出租车已经到了，司机是一个本地男子，他操着不是很标准的普通话问我去哪里。坐上车之后，我一直在想：见到闻博文我该说些什么？车站离医院并不是很远，半个小时之后，车子停在了一家医院门口。我拉着皮箱走进医院，和前台护士打听到了闻博文住院的病房号。

站在病房门口，我忽然有些胆怯，不知道怎么去跟闻博文交流。隔着那扇门，透过玻璃，我看到了他。他看起来更瘦了，脸上没有一点血色。一只手打着点滴，一只手拿着一本《挪威的森林》在看，看着看着不自觉地皱起了眉头。我还在犹豫要不要进去的时候，门被打开了，里面出来一个中年男子，看见我问我找谁。我说我找闻博文，他侧身让我进去了。

听见声音，闻博文抬起头，看见了我。说不清楚他那是一个什么表情，像是在苦笑。惨白的脸配着那一抹苦笑，让人觉得很诡异。我硬着头皮，站在他的床头说："你好，吴歌让我来看看你。"

他看起来并不高兴，嘟囔了一句："这小子，总是多管闲事。"

他指了指床边的椅子说:"你坐,桌子上有水,你自己倒。"

我点了点头，一时间不知道该说什么。他把书扔在一边，并没有看我，像是对着空气自言自语："你看到了，我很好，你明天可以回去了。"

他冷漠的样子，让我十分委屈。这时，一个护士进来说："十床的病人家属，过来拿药。"

我跟着护士出去了，护士给了我一个单子，让我去取药。从药房回来时，他已经睡了，也可能他没睡，只是假装睡了。我把药放在他的桌子上，靠着椅子坐着。这时已经晚上十二点多了，同病房的小姑娘已经睡了，她爸爸和我一样守在床前，看起来心事重重。

我想起来，护士刚才跟我说，让我叮嘱他把药吃了，可是他睡了，我该怎么做呢？犹豫再三，我还是决定把他叫起来。他已经输完液了，这会儿他背对着我，没有一点声音，甚至连呼吸声都没有，让我一度以为他已经死了。我轻声喊他："喂，医生让你吃药。"

他没有动，我又用手推了推他，他有些不耐烦地说："怎么了？"

我说："该吃药了。"

他有些不悦地说："我不吃 。"继续维持着他刚才的姿势。

我坐在他的床边，将他的胳膊从被窝里拉了出来，我看见他手腕上缠着厚厚的纱布。到底是什么事让他做出这样的决定？我想起他在书中描写的那个自杀的男主，或许就是他自己。

见我盯着他的伤口，他迅速地把长袖拉下来，盖住了伤口，不耐烦地起身说："药在哪里？"

我赶紧把药和水递给他，他皱着眉头把那些白色的药片扔进嘴里，喝了一大口水。他把水杯又放在了床头，问我："夜深了，还不回去睡觉，在这里待着干啥？"

"我是吴歌喊来照顾你的。"

“我哪里需要照顾，晚上你要怎么照顾我？看我睡觉，还是和我一起睡觉？”

他的语言充满攻击性，我不知道怎么的，一下子眼圈红了，可能是觉得委屈，也有可能是幻想破灭，自己的偶像竟然是这样一个人，更可能还有心疼吧。总之说不清楚，就是眼眶毫无预兆地湿了。

他叹了一口气，又睡下了。这次他睡在了床的一边，旁边空出了一大片，还可以睡一个人。我坐在床边翻看他的公众号，已经有半个月没有更新了，很多人在下面说：“无戒大大，你快回来，我们都在等你。”还有人说：“无戒，你要好好的，世界依然很精彩。”只是这些关心始终没有得到回应。

我翻他刚才读的书。可能因为今天舟车劳顿，读着读着我竟然趴在床边睡着了。我再次醒来时，是睡在床上。旁边躺着闻博文，他正在看手机。我看了一下时间，是凌晨三点。我不记得自己是怎么睡到床上来的。这太丢人了，我赶紧起床准备下去。他见我醒了，问我要去哪里。

我说：“不好意思，我来照顾你，竟然霸占了你的床，让你睡不好。我坐旁边就可以了。”他拉住我的胳膊，阻止了我下床的举动：“就睡那里吧！我不睡。”

“你为什么不睡？”

“睡不着。”

“你失眠吗？”

“嗯。”

“你是无戒？”

听到我这样问，他有些惊讶地看着我。

“你怎么知道？你是谁？”

“我是一名护士，也是你的读者。”

“哦。”

“我喜欢你的文字。”

“那是无聊写着玩的，并没有多大意义。”

“有意义。”

“有什么意义？自己都救不了。”

“可是救得了别人。”

他不再说话，我拿出我给他的留言给他看：“这个是我，你记得吗？”

他说：“记得，我一直以为那是个男的，没想到是个小姑娘。”

“你喜欢男的，不喜欢女的？”

“不，我都不喜欢。”

我被他那模样逗笑了，他看着我，翻了一个白眼说："神经。"

那一晚，我们睡在一张床上，说了很多无厘头的话，跟他说话很累，他总是带着防备、披着盔甲。我果然没有看错，我们就是一类人，一样孤独，一样与这个世界格格不入，一样在寻找解脱和救赎。

他在医院待了一周，我也在医院里待了一周，医生和护士都以为我是他的女朋友。他从不解释，也不在意，每次却让我尴尬得不行。

他出院之后，我跟着去了他住的地方。他住在一家旅馆，旅馆很小，房间在白天也没有光，摆着一张床、一张桌子，桌子上放着一个笔记本、几本书和一沓白纸。虽然是夏天，房间里却一点都不热，反而有些阴冷。

我们刚进门，旅馆的老板就跟着上来了，看见闻博文就说："年轻人你回来了，你赶紧收拾东西走吧，我们这小庙容不下你这尊大佛，你要是死在我这里，我这个店还开不开了？"

听到这话，闻博文只是说了一个字："好。"

他迅速地收拾了房里的东西，背起一个巨大的行李包，出了门。我问他："去哪里？"他说："我送你去车站。"

“我不回去，我还要在这里玩呢。”

“那你玩，我走了。”

“你要去哪里？”

“你到底要怎样？我的病已经好了，不需要你照顾了。”

“你就这么感谢照顾你的人？”

“你莫不是看上我？我告诉你，我对女人没兴趣。”

他忽然欺身上前，离我很近，近到我可以看见他脸上的绒毛、皮肤下的血管。一时间，我的心不受控制地狂跳不止。

我一把推开他，假装不在意地说道：“我还有一周假，想在这里玩两天而已。可是我谁都不认识，就认识你一个人，我怕走丢了。”

他没再说话，继续向前走，我就跟在他的身后。我看见他买了两张去乌镇的车票，想起吴歌曾经说过，他在乌镇有一个家，每年冬天他就去那里写书。

我跟着他上了车，就坐在他的旁边。我们之间几乎没有交流，他一直在发呆。

到了车站，他伸手挡了一辆三轮车。我们被拉到了一条巷子里，从巷子里进去，有一条河，河的两旁是白墙青瓦的房子，像一幅精美绝伦的画一样，河里有人摇着小船穿行。

我跟在他的身后，进了一间房子，房子里很空旷，除了一张大床、一个巨大的书柜和一张书桌外什么也没有。窗户后面就是一条小河，河对面也是白墙青瓦的房子。整个城市，很安静，人不多。生活很慢，慢到可以听见时光流逝的声音。

十一

这是我第一次离开熟悉的地方到一个陌生的城市。这种感觉就像一叶孤舟行驶在大海上，找不到归属感，让我极其不适应。

吴歌打电话过来询问闻博文的情况，甄玉在一旁叽叽喳喳说个不停。我静静地听着，电话打了很久。甄玉好像总有说不完的话，我问她何时回来。她说："我很想你，可是这里很美，我舍不得回来。"

闻博文坐在书桌前，头也不抬地看书，那一页书，他看了很久。或许他没在看书，而是在发呆。我挂了电话，走到他旁边问："你为什么总是发呆？"

没想到他却反问我："你呢，你为什么总是发呆？"

我说："为了打发无聊的时光。"

他说："我和你一样。"

说完这句话，他看了我一眼，问道："你什么时候走？还要待几天？"

"一周吧！"

"这么久，你想干什么？我可能没有时间照顾你。"他的语气极为冷漠。

"我自己逛，你不用管我。"

"那就好。"他又低着头看手里的书，看着看着又发起了呆。我想跟他说些什么，可看到他拒绝的姿态，便放弃了。我轻轻拉上门，出了房间。

走在青石板上，外面下起了小雨。烟雨蒙蒙，跟画里的江南一样唯美。我一个人漫步在小巷子里，有时会遇见坐在门口的老人，他们和闻博文一样看着外面发呆。可能是这个城市太静了，静得大家都停了下来，甚至连做的事情都一样。

雨点在河里溅起了涟漪，有一艘小船从我面前划过，慢慢远去。船上坐着很多游客，他们好奇地用相机拍来拍去。站在船头的大叔，穿着雨衣，跟他们讲解着什么。

我穿过巷子站在小桥上，听着雨声、水声以及偶尔传来的汽笛声，好像回到了小时候，那时，村子也是这样静谧，能够听到风声、雨声、蝉鸣、狗吠声。

在城市里待久了，都快忘记这一切了。

这几年很少回家，一直在医院没日没夜地上班。和吴一纶分开之后，一直单身。虽然也有人追，可是我对恋爱却提不起一点兴趣。其实就这样过一生也没有什么不好。

三月的时候，父亲生病住院。我赶回去看他，他躺在床上，面色苍白、没精打采，没有一点活人的气息。两个姐姐也过来了，她们看见我，像是看见一个熟悉的陌生人，客套而疏离。在农村待久了，她们脸上写满了风霜。匆匆忙忙来，匆匆忙忙去。

医生把缴费单拿进来问谁是家属，让快去缴费。两个姐姐低下头，一动不动。我接过缴费单，走了出去。再回来时，姐姐们已经不见了。病房里只有父亲一个人，我坐在他的身边，他紧闭着双眼，似乎没有任何话想和我说。

妈妈是晚上过来的，她看起来也老了，背驼得厉害。双腿因为风湿而变形，走路的时候很吃力。我过去扶着她，让她坐在父亲旁边。她看着父亲，长长地叹了一口气，又看了我一眼，说："这些年你辛苦了。"

在我印象中，母亲很少对我这样客气。她习惯性默默做事，像是可有可无的人一样。家里大事小事都是依靠父亲，她很少发脾气，也很少说话，和我一样，像透明人一样活着。这样的母亲，看得我心酸至极。虽然我对他们并无浓厚的感情，可是他们如今的状态，还是会让我产生强烈的情绪波动。

我跟父亲说："你好好看病，把身体养好才是正事。"

谁知道父亲说："我已经没事了，不花那个钱，你弟弟大了，要给他娶媳妇、买房子、买车子。"

"别这么拼命，他都那么大了，能照顾好自己。"

父亲听到我这样说，并无感动，而是很着急地回应道："他还小，一个人在外面肯定吃了很多苦，这些事情，我不管谁管？你说我活着不就是为了他吗？"母亲就坐在父亲的旁边，一句话也不说。我知道，这是他们两个人共同的想法。

"那我呢？你为我想过吗？"

"你是女娃，到时候嫁了人就是别人家的人，要我们怎么管？"

父亲说得理所应当，好像我问错了一样。

我转身出了病房，很想就这样离开。在他们眼里、心里，还是只有弟弟，我什么都不是。尽管很想不去管他们，可是真的要这样做却很艰难。我去银行把这些年攒下的钱全部取了出来，拿给了母亲，我看见了她脸上的欣喜。可能在他们眼里，我还没有给他们的钱重要吧！

那些天，我一直待在父亲床前照顾他，很多人见了父亲都说："你这个女娃孝顺得很啊！"

父亲总是说："再孝顺也没用，嫁人了还不是别人家的？还是儿子靠谱。"

大家都不接他的话，他却说得很高兴。而这一切对我来说已经没有那么重要了，这么多年都是如此，何必现在再生妄念？在我的强烈要求下，父亲又在医院住了一个礼拜，直到康复才出院。可能是因为不用他们掏钱，他住得十分心安。自从我把钱放在母亲手里之后，父亲便再没有要求过立刻出院。

不知道为什么，此时站在这样一座陌生的城市，我会想起家乡，想起父母，想起那个我一直想要逃离的地方。

我在这座小城逛了许久，细雨打湿了我的衣服，我在一家茶馆一直坐到天黑。闻博文一直没有找我，我这才想起，自己没有他的联系方式。虽然我们已经相处了十天，可依然是陌生人，他甚至讨厌我的存在。

我翻开手机，看他的公众号，有一篇新的文章。文章标题叫"活着"，他说，没有谁可以挣脱生活给你的枷锁，受苦是人生的真相，唯有死方能解脱。

不知道在他身上曾经发生过什么，好像他的世界比我的更为艰难。夜幕降临，我起身离开，向他居住的地方走去。

一到夜晚，这座小城更静了，静得让人心慌。空旷的街道上，几乎没有人，偶尔有一辆车子飞驰而过，只留下车子引擎的声音在街道中回荡。不得不说，这真的是一个非常适合隐居的地方。

推开门，我看见闻博文还坐在书桌前，房间里黑漆漆的，只能看见他的轮廓，像个鬼影，极其孤独。听见开门的声音，他起身打开了灯，没有说话，又回到了桌前，看着我。

我假装若无其事地走进去，问他："这附近有旅馆吗？"

他指了指一扇门："你住里面吧！那间房子一直空着。"

"这样会不会不太方便？"

"放心，我对女人毫无兴趣。"

"我不是这个意思。"

"那废什么话？"

他还是那样简单粗暴，和他温文尔雅的长相一点都不相符。我不知道是什么原因让他变成这样，也不好问，只好说："有厨房吗？你吃饭了吗？"他说："没有。你想吃饭就去外面吃吧！"

“那你呢？不吃饭吗？”

“不吃。”

看到他那副拒人千里之外的样子，我只好不再说话，进了房间。这个房间很小，只有一张床。我躺在床上想：他到底是一个怎样的男人？

外面的灯一直亮着，十点的时候我听见他出了门。再回来的时候，已经凌晨两点了。我一直没有睡，不知道为什么睡不着。打开门看见他东倒西歪、满身酒气地走了进来。他看见我问：“你是谁？你为什么会出现在我家？”

“我是王子，你邀请我住在你家里的。”

“哦，是那个烦人的丫头啊。”

说完就直直地倒了下去，我飞快地过去抱住他。他的身上还有雨的味道，头发被打湿了贴在额头上，双眼紧闭；那张白得可怕的脸，在灯光的照射下，显得更白了，让我想起了吸血鬼。

我费力地把他拉到床上，为他盖好被子。准备走的时候，他忽然睁开了眼睛看着我，接着我感受到一股力量把我拉进了一个怀抱。他的手放在了我的脸上，很凉。

我听见他说：“你为什么跟着我？是想和我上床吗？那我满足你。”

在我还没有反应过来的时候，他吻上了我的唇："喜欢吗？"

不等我回答，他再次俯下身来，任凭我怎样挣扎，都无法挣脱。他紧贴着我的身体，我感受不到一点快乐，一种巨大的屈辱感涌上心头。他感受到了我身体的抗拒，停下动作，然后说："这不正是你想要的吗？你为什么拒绝？我告诉过你，我不需要朋友。"

说完这句话，他放开了我。我竟然在他的脸上看到了释然，不知道他为何会有那样的表情。

我起身逃回自己的房间，早晨天一亮，我便乘车离开了。

十二

离开闻博文之后，我发现我们之间就像一场梦，梦醒了什么也没有。

我没有他的联系方式，也没有和他留下任何美好的回忆。我甚至曾想象过再见到他，我会如何激动，但这一切都没有发生。唯一让我印象深刻的就是他的冷漠和疏离，不知道他有怎样的过去，才让他对于感情如此忌讳。

更让我没有想到的是，我回去不久，甄玉就从西藏回来了。她刚一进门，就扑进了我的怀抱，哭得停不下来。等她情绪平复下来之后，我才知道，原来她和吴歌分手了。

我一直以为他们会结婚，谁知道，竟然会是这样的结局。

看来这个世界上，没有一段感情是长久的。想到这里，我又想起了吴一纶，听说他结婚了，和他爱的那个女孩。这世间的爱情纠葛当真让人头大。

甄玉说吴歌出轨了，那个女孩是他们在西藏时遇见的。他们住在同一家青年旅舍，在同一家酒吧上班，那个女孩是个吉他手，弹吉他的时候，很帅气，有男人的俊美，亦有女人的柔美，是让人看一眼就无法忘记的那种女孩。

甄玉说："我看见他们站在路边接吻。我不知道怎么办，我当时很愤怒，也很难过。我选择了最屃的方式，灰溜溜地逃了回来。在火车上我给他发微信说'我们分手吧'，他竟然说好。"

"王子，他是不是早就不爱我了？我该怎么办？"

我抱着甄玉，看着她哭，眼泪也跟着流了下来。在我眼里，她一直乐观、坚强、充满活力。我从未见过她这个样子。她的失恋状态持续了好几天，每天除了睡觉，就是哭，根本停不下来。

在甄玉失恋的第十天，她的父母过来了。那是我第一次见甄玉母亲，我记得甄玉说过她的母亲很漂亮，但没想到如此漂亮。

四十多岁的女人，脸上却不显沧桑。她的眼睛很亮，发着光，温柔地笑着和我们打招呼。她的爸爸头发半白，浓眉大眼，一米八的大高个儿，看起来也是英姿飒爽。我听见甄玉爸爸温柔地喊甄玉“玉儿”，脸上写满了宠溺，让人羡慕。

他们一家人的相处，让我知道了，这个世界上原来不是所有的父母都只喜欢儿子。我看见甄玉亲昵地靠在母亲身上，爸爸坐在她的旁边，给她剥好橘子，放进她的嘴里。那一刻，她变成了一个万众瞩目的公主，仿佛拥有了全世界。

甄玉父母来了之后，她的心情看起来好多了，白天不再窝在床上睡觉了。她会早早起床，梳妆打扮，带着父母出门。我又回到了单位上班，日子如常，只是我怎么也想不通，吴歌为什么要这么做。我决定打电话给吴歌，问问他们到底怎么回事。

电话响了很久，都无人接听，就在我打算挂掉的时候，那边传来声音：“喂，王子吗？”

“我是，你和甄玉怎么了？”那边发出长长的叹息声，听起来情绪不高的样子。

“王子，你好好照顾甄玉，我无法给她未来，不如让她早早离开。”

“到底怎么了？”

“我父亲出车祸成了植物人，我要回老家了，以后可能不会再回来了。我这样的情况，真的无法再照顾她了，我不能让她后半辈子跟着我受苦。”

“你确定这是为她好吗？你知道她有多难过吗？”

“王子，我知道这样做会伤害她，但我家的情况你不了解，那里她根本无法习惯，那里也没有我们的未来。”

“知道了，你保重。”

“你别告诉她，永远不要告诉她。”

“好。我知道了。”

“我回家之后，你若是有时间，帮我照顾一下闻博文，我怕他……”

“他怎么了？”

“他有严重的抑郁症，时好时坏。之后，我可能再也没有时间去看他了。”

“嗯，我答应你，只是我还没有他的联系方式。”

“你们在一起那么久，怎么会连个联系方式都不留？”

“我忘了。”

听到我这样说，吴歌有些无奈地说：“唉，他也是个可怜人。我一会儿把他的联系方式发给你。”

“嗯，吴歌，保重。”

挂了电话之后，我心情非常沉重，我不知道该不该告诉甄玉这一切。正在我发呆的时候，吴歌把闻博文的电话号码和微信号发给了我。

我把他的电话号码存进了手机里，备注“无戒”，相对于闻博文，我更喜欢无戒这个名字。

甄玉父母走了之后，甄玉活了过来，开始上班了，在一家奢侈品店做销售。闲来无事，我们还会去以前常去的那家酒吧喝酒。看她走了出来，我的心情也跟着好了起来，我最终还是决定和吴歌一样瞒着她。像她这样的女子，就应该过得幸福，不是吗？

和吴歌分手之后，她看起来恢复正常了，可我总觉得她不快乐，像失去了灵魂，看来真的没有一个人可以从感情里全身而退。一个月之后，她重新恋爱了。又过了一个月，她分手了。不久之后，她又带着另一个男人跟我说：“这是我的男朋友。”

我把她拉回了家，问她：“你到底想怎样？”

她看着我，淡漠地说：“王子，你看，我并不是没人喜欢，也并不是非他不可。”

“那你快乐吗？”

“快乐不快乐有什么关系？”

“你知道吗？他最希望你幸福。”

“王子，你在说什么？什么希望我幸福？他出轨了，他背叛了我，抛弃了我，你竟然说他希望我幸福。”

被她这样一说，我忍不住脱口而出了一句：“他有苦衷。”

甄玉听到这句话，静默了三秒，问道：“王子，你是不是我朋友？你是不是知道些什么？”

我最终还是没有忍住，把吴歌的事情说给了她。听完这些话，甄玉站起来对我说：“谢谢你，王子，我要去找他。”

然后甄玉走了，我不知道自己是做错了，还是做对了。可是看着甄玉这样折腾自己，我实在于心不忍。

甄玉离开了一个月。一个月之后，她打电话给我说：“王子，我明天回来，你记得到车站接我。”

我在车站看见了甄玉，她瘦了很多，风尘仆仆，满脸疲惫，还黑了不少，脸上隐约有了高原红，像是一个刚从农村来的丫头。她走过来抱住我说：“王子，谢谢你，谢谢你告诉我真相，一切都结束了。”

后来我才知道，吴歌的家在一个很边远的山区，那里生活条件极为艰苦，他家里本身就不富裕，现在更是雪上加霜。他已经不再唱歌了，而是在一个工地里当工人，灰头土脸的。晚上回家住在医院里，而他父亲可能永远醒不过来了。家里只有三间土房子，母亲靠给人打零工、种地为生。

甄玉说："我跟了他一个月，一直没有跟他见面。或许他看见我了，但是他一直没有过来跟我说话。他是那样骄傲的一个人，肯定不愿意让我看到他这个样子，这一切都是命。就像他说的，我们没有未来，我在他身边只会给他增加负担。离开确实是最好的选择，我把所有的钱都留给了他妈妈，然后回来了。"

从吴歌老家回来之后，甄玉变得沉稳了许多，她还是看起来很快乐，喜欢大声地笑，只是那笑声里多了一丝惆怅。我不知道怎样安慰她，只能一直陪在她的身边。

后来几年她再也没有交过男朋友，我们两个人一直在一起，很多人还以为我们两个是那种关系。甄玉总是故意说："你们说对了，我以后要和王子过一生。"

追求甄玉的人倒是不在少数，每次甄玉都会特别真诚地说："对不起，我知道你很好，可是我喜欢女人。"然后搂着我潇洒而去，留下那个男人在风中凌乱。

我知道她在等他，等他回来。她和她母亲一样，是一个痴情的女人。只是不知道这场等待会不会有结果。可能这就是人生，不断地错过，不断地选择，最终只能艰难前行。

缘分这事谁也没有办法强求，而我能做的就是陪着她，陪着她一起等他回来。

十三

吴歌一直都没有回来，四个人最后只剩下了我们两个人。甄玉退掉了她的房子，搬到我租的房子里。我们就这样过起了合租生活。一转眼，我们二十七岁了。

好几年就这样过去了，我的工作完全稳定了下来。甄玉也从销售员做到了店长，褪去了女孩的青涩，她看起来更美了，那种美带着魅惑，让人沉迷。吴歌走了之后，她学会了抽烟，一个人的时候，指间总是夹着一根细长的烟，吞云吐雾。

我们的日子过得极为平静，甄玉总是说："王子，以后我们俩就这样过一辈子。"

我说："好啊！"

她又说：“不知道他何时回来？”

我说：“可能快了。”

她便不说话了。

这样的对话，我们已经重复了几百遍。可是吴歌一直都没有回来，后来他的电话也打不通了，发给他的微信，他也没有回过。甄玉去看过吴歌一次，回来之后哭了很久。

她跟我说：“他变成了我认不出的样子。看起来极为苍老，脸晒得黝黑，说话的时候嗓门极大，对我态度很差，他一点都不像我认识的吴歌。”

“那你还等他吗？”

“等，我要一直等他回来，我跟他讲过，我会等他回来。”

甄玉没有等到吴歌回来，却等到了吴歌结婚的消息。

那是一个冬日，我收到一条微信，备注是无戒。他问我：“吴歌结婚，你去吗？”

他发给我一张照片，照片里的吴歌变成了一个我完全不认识的男人，即使穿着西装，也无法掩盖岁月在他身上留下的痕迹。他身边站着一个姑娘，很胖，胖到两只眼睛都眯了起来，努力地笑着，看起来很幸福。他们站在一起竟然莫名地般配，不知道我为什么会产生这样的感觉。

我没有回无戒的消息，一上午都在考虑要不要把这件事告诉甄玉。晚上回到家的时候，看见醉倒在客厅的甄玉，我过去抱着她，听见她跟我说："王子，他回不来了，他要结婚了。"

原来她已经知道了，她在他的朋友圈里看见了那张照片和邀请大家参加婚礼的讯息。

我不知道怎样安慰甄玉，只能紧紧地抱着她，任由她哭泣。外面下起了雪，我想起了那年，吴一纶结婚的时候，我也是这样难过。甄玉也是这样抱着我，安慰我。

到现在，我已经不清楚，我对甄玉是怎样的感情，它超越友情，超越亲情，成了独一无二的存在。就算失去全世界，只要她还在，我就依然有勇气去面对生活，努力活着。

那晚我陪着她也喝大了，两个人抱着一起哭，一起笑，像是疯了一样一直持续到三点多，房子被我们折腾得乱七八糟的。

早晨醒来的时候甄玉已经不见了，我看到手机里她发给我的信息："王子，我终于可以放弃了，这么多年，我早都累了。"

不知道她是否真的放弃了，但是我知道，这是最好的结局，从吴歌离开那天起，他们之间就再无可能。甄玉的等待不过是一种自我安慰的方式罢了，如今这一份念想断了也好。

吴歌把闻博文的微信号给我之后，我过了很久才有勇气添加。消息发送之后，过了半天他才通过，他什么都没说。我翻开他的朋友圈，什么也没有。最早的一条是五年前发的，写着：每个人都用尽全力活着，活着的意义是什么？

这两年，他很少写小说。他的那本《云端》上市之后，迅速走红，他也被评为最具潜力的90后小说家。关于那本书，网上有诸多讨论，骂他的人也不在少数。很多人认为他的作品不过是无病呻吟，阴暗、无聊。只是网上的声音，从未见他出来回应过，而他的身世也被扒了出来。我通过网上的信息，了解到他的过去。是真是假，无法确认，只是那样的童年，对于一个孩子来说，着实非常残酷。

他的公众号倒是从来没有断更，这些年，他的文字风格发生了巨大的变化，不再像以前那样让人绝望，在字里行间，甚至能读出希望。相比之前的无戒，我更喜欢他现在的状态。

平日里我们并无过多联系，只是节日的时候，会互相问候，除了节日祝福之外，没有多余的话。

他的故事很长，我并不知道我了解的这些有多少是真的，可他那样的性格，或许就是那样的童年，那样的生活带给他的。

他四岁的时候父亲去世，六岁的时候母亲改嫁，之后一直跟着爷爷生活。他就在吴歌生活的那个村子里长大。十一岁的时候，爷爷也去世了。母亲把他接到城里和继父一家一起生活。他和母亲的关系非常不好，常常吵架，继父更是不喜欢这个沉默寡言的男孩。母亲和继父有自己的孩子，那个孩子也对他充满敌意。

他就是在那样的环境下长大的。十七岁的时候，他第一次自杀，被母亲发现，救了过来。十八岁，离开母亲的家一个人去北京上大学，至今有十年的抑郁症史。大二的时候开始写小说，毕业之后以此为生。

网上关于他的消息很多，还有很多更让人悲伤的故事，但我宁愿相信那都不是真的。有很多次，我想告诉他：其实你不是一个人，你还有我，你还有很多默默喜欢你的人。只是，一想到他那张拒人于千里之外的脸，我就怂了。这么多年我一直单身，一直说是为了陪着甄玉等吴歌回来，而我何尝不是在等一个人，爱了他那么久，却一直没有勇气告诉他。

父亲突然病重是我完全没有想到的，弟弟打来电话时，我正在医院上班。弟弟说："姐，爸病了，病得很重，你快回来。"

我到的时候，父亲躺在重症监护室里。弟弟、姐姐和姐夫，还有母亲，都坐在楼道里的长椅上。看见我进来，他们只是淡淡地说了一句："才回来。"

弟弟走过来，接过我手里的包。他眼睛红红的，像是哭过："医生说，不知道能不能醒过来。"

听到这个消息，我的心忽然痛了一下。那种细微的痛，让人很难受，我的眼泪夺眶而出。我站在门外看着身上插满管子的父亲，他已经很瘦了，颧骨凸出，眼窝凹陷，躺在床上像一具干尸。

我问母亲："为什么不早说？"

母亲说："你爸不让说，他给王福攒钱娶媳妇呢。"

听到这句话，我一时间不知道该哭还是该笑，我看见弟弟脸上浮现出一丝难以觉察的痛苦。他走过去坐在凳子上，双手捂着眼睛，头抵在大腿上，发出呜呜呜的哭声。我不知道怎么安慰他，只能坐在他的身边，等着。

大姐看着我说："王子，你回来了，先照看爸爸，我和你姐夫先回了，孩子还在家里没人管。"她说得中气十足，像是那里躺着一个无关紧要的人一样。我没有回话，二姐说了一句："你到底有没有良心？爸那样了，你都不管，还要回家。"

大姐听到二姐那样说，有些不悦地回应："你孝顺你管，我又不是生不出孩子，不用管孩子。"这句话让二姐火冒三丈，抬手给了大姐一个耳光："王朵，你简直不是人。"

大姐哭了起来，两个姐夫过来拉架，抱着自家媳妇，冷眼旁观，没有多说一句话。弟弟站了起来，看着大姐和二姐说："你们都回吧，晚上我在这里守夜。"

听到这句话，她们好像获大赦了一样，迅速消失在楼道里，医院终于恢复了宁静。我和弟弟、母亲三个人并排坐着，谁也没有说话。母亲把自己的外套脱下来披在弟弟身上，动作轻柔，眼里都是宠爱。我看见弟弟皱起的眉头，似乎对于这样的爱并不喜欢。

这世界就是这样，有的人想要却得不到，有的人不想要却被压在身上无法剥离。我明白弟弟的痛苦，在我眼里的幸福，于他来说都是压力。他身上背负得太多，让他没有自由，无法快乐。

父亲在我回家的第三天去世了。他走了之后，我的心突然空了。我恨了他那么多年，从没有想过，他竟然这样离开了我。大姐和二姐趴在父亲的棺材上哭得死去活来，拉都拉不开。而我连一滴眼泪都没有，泪腺像是干涸了一样，只觉得心空荡荡的，像是丢了什么。很多人都议论纷纷，说老王家的三女儿心硬得要命，老爸死了，连一滴眼泪也不曾流过。

父亲的葬礼是我出钱办的，姐姐们说她们没钱，弟弟这些年工作也不稳定，没有多少积蓄。我把我攒的那几万块钱全部取出来给了母亲。父亲去世之后，母亲一直很平静，看不出她有任何情绪波动，她依旧忙忙碌碌做着她该做的事情。我远远看着，才知道我的性子和母亲一模一样。

这是我之前从来没有发现的事情，我一直竭尽所能地疏远他们，不想和他们有任何关联。但此时我才发现，血脉永远无法割断。我依然深深地爱着他们，只是我不愿承认罢了。即便此时我依然渴望他们可以多看我一眼，多爱我一点。

弟弟忙里忙外，操持着父亲的葬礼，照顾着每一个人。父亲去世之后，他像是一夜之间长大了，变得沉稳了。

父亲葬礼过后，他跟我说："姐，我打算不出远门，就在家附近找个活干，方便照顾妈。"

我伸手抱了抱他，他的怀抱很暖，让人心安。他真的长大了，虽然只有二十二岁，但是已经可以照顾家里人了。

从家里离开的时候，我看见母亲一个人坐在炕上绣花，戴着老花镜，一针上，一针下。我说："妈，我走了。"

她说："照顾好自己。"接着她继续绣花，头也没有抬。房间里很暗，在暗影里，母亲坐在炕上靠窗的位置，重复着手里的动作，看得我眼睛发酸，她看上去是那样孤单，她刚失去了自己的丈夫，却平静得让人觉得可怕。

我走了，心里空的那一片，后来再也没有被填满过。父亲过世之后，我常常想起与他相处的时光，想起很多他对我的好。不知道为什么，记忆出现了错乱。好像从前我执念的那一切从来没有发生过，我记得父亲会把一颗糖放在我的手心里说：“来，王子，吃糖，很甜的。”

我记得在离开的时候，他站在车站远眺的身影。记得在冬日的夜晚，他悄悄地溜进我的房间，为我盖好被子。

这些记忆涌上来，掩盖了他对我的冷漠、他的偏心，让我每一日都备受煎熬。果然，他从未放过我，即使离世也要让我活在煎熬之中。

弟弟留在了老家，跟着舅舅学装修，休假的时候，会回家帮妈妈干活。日子又回到了从前，一切像是没有变，一切又像都变了。而我在这场变故中，找到了很多从前遗失的东西。

十四

父亲葬礼结束之后，我离开了家乡，回到我工作的城市。从那以后，我总是会想起父亲，想的时候，心空荡荡的，眼睛发热。慢慢地，我开始失眠，坐在黑夜里，等着天亮。

这时我常常想起无戒，想起在医院的那天，他也是这样躺在黑夜里发呆。自我从乌镇回来，之后的几年里，我一直都没有见过他。网上关于他的消息也越来越少了，他那本《云端》依然卖得很好。我有幸拿到了他的签名本，在扉页上写着他的名字，那字张牙舞爪的，和他的性子一样，让人觉得孤独。那本书，这些年我至少翻了二十几遍，书皮已经有一些磨损了，比刚拿回来的时候厚了许多。

每次看完这本书，我都会心情低落很久。我一直在想，他要的救赎到底是什么。想着他的书，就会想到他的人，想着想着我就发现，我一直在想他，这些年从未间断。我又一次爱上了一个男人。

此时我已经二十七岁了，工作稳定，工资尚可，条件虽说一般，但也有诸多优势。身边的很多人开始给我介绍对象，包括甄玉。她说，一个女人如果不谈恋爱会迅速老去。她带我见了各种各样的男子，我会在那些男子脸上寻找无戒的影子。可他们不是他，我觉得无趣。

甄玉重新恋爱了，和一个追了她一年多的男孩，他不如吴歌长得好看，但条件很好，开着红色宝马，红红火火的。他对甄玉死心塌地，爱得轰轰烈烈。吴歌结婚不久，甄玉就答应他，成为他的女朋友。

宝马男叫贾俊，是一名摄影师，会拍好看的照片。他喜欢甄玉的美，在他的照片里甄玉美得有点不真实。他们是否相爱，我至今也不知道，不过甄玉成了贾俊的女朋友之后，好像快乐了许多。

贾俊把甄玉从我身边夺走，我又过上了从前的日子，一个人上班，下班，回家，吃饭。甄玉住进了贾俊的小公寓，两个人过起了同居的日子。

甄玉对我说："我决定嫁给贾俊，错过了他，未来无论嫁谁都一样，而他可以给我优质的生活条件。"

我问她："那你快乐吗？"

她说："快不快乐不重要，合适更重要。"

我忽然不知道该怎么回答。

她搬走的那天跟我说："王子，我知道你喜欢闻博文。如果你真的喜欢他，就去找他，别和我一样错过了，你还有机会。"

甄玉走了之后，我一直在想她说的那句话，想了很久很久。

我在朋友圈看到吴歌的父亲去世了，吴歌的孩子出世了。他就那样被困在那平凡的生活里，再也没有机会追逐梦想，再也没有办法像以前一样潇洒，肆意地唱歌、跳舞，大口地喝酒了。生活夺走了他的光芒，让他沦落世俗，过上了普通人的生活。

一年又一年，护士的工作枯燥而乏味，我被浸泡在医院消毒水的味道里，无论走在哪里，都有一种医院的味道，那味道里隐藏着死亡和悲伤。

十二月的一天，我护理的一个小男孩得癌症去世了，这一年他才八岁。我亲眼看到他没了气息，身体一点一点失去温度，脸上残留着刚才哭泣时的泪痕。我站在抢救室的门口，仿佛看见他飘在我头顶跟我说再见。我想伸出手去拥抱他，他笑着消失不见了。我回到休息室，一直在想，刚才那一幕是我的想象，还是真实存在的，我无法确定。我发现我的世界里时光再次错乱，我分不清梦境和现实，不知道自己在哪里。

我决定去找闻博文，在去找他的前一天晚上，我做了一个长长的梦。梦里闻博文那张惨白的脸上，生出了许多彼岸花，火红火红的。闻博文就那样躺着，他像是从泥土里长出来的，和大地融合在一起。我蹲在他的面前冲他笑，他的眼角有泪，那泪也是血红血红的，一滴一滴地滑落。一只秃鹫落在彼岸花上。然后闻博文和彼岸花都消失了，只剩下一具腐烂的尸体。北风吹着我的头发在风中飞舞，接着我的身体也跟着飞了起来。

梦到这里，我突然惊醒，才发现我睡在床上。枕巾湿了一大片，在梦里我哭了，具体为什么而哭，我一点都记不起来了。我只记得秃鹫一口一口吃掉闻博文的样子，他脸上始终挂着满足的微笑。

我开始起床收拾东西，我并不确定能不能找到他，可我还是想去试试。三年了，无论是怎样的结果，总该有一个了断。

我辞掉了医院的工作。院领导极力挽留我，希望我再考虑一下，我还是决心辞职。那天甄玉跟我说的话，我一直在想，这些天终于想通了。父亲去世之后，我身体里的某一部分功能正在觉醒，让我变成了一个真正的活生生的人。也正是这样，才让我有了勇气去找闻博文。

我拉着皮箱，刚出门，就看见站在红色宝马旁边的甄玉。她跑过来抱着我说："亲爱的，真为你高兴。祝你幸福，我会在这里等你回来。"

她开着车把我送到车站，这两年，甄玉成熟了许多，不再像之前那般没心没肺，给人一种冷艳的感觉。她对我始终温柔，用全力保护着我。

"谢谢你，玉儿，是你让我拥有面对生活和活下去的勇气。"

她说："别矫情了，赶紧走吧！"

我在车厢里看见甄玉，一直站在原地，不知道在想些什么。直到车子开动，她的身影才消失。在车上我收到甄玉发给我的微信："王子，要幸福！等你回来。"

可能她过得并不快乐吧！可是谁能拥有长长久久的快乐呢？我在车上给闻博文发信息："你在乌镇吗？我去找你玩。"

这时是冬天，我记得吴歌说过，闻博文每年冬天都会回到乌镇写小说，第二年春天再次出发。消息发出去很久，都没有回音，我有些失望，还有一些忐忑。不知道我用多久能够找到他，又用多久才有勇气告诉他我爱他。所有的一切都是未知的，让人很茫然。

一直到晚上，我快到乌镇的时候，才收到他的回信："我在北京。你要玩的话，可以住在我家里，钥匙在门口那个菜篮子里。"

我没想到会收到他的回信，这让我开心了很多。我又问他："你何时回来？"

"三天之后。"

那一晚，我一个人住在他的房间里，房间很大，很空，跟他的人一样冷，我缩在被窝里瑟瑟发抖。夜深了，世界被裹进巨大的黑暗里。我坐在床上，想象着他曾经躺在床上的情形，想着想着就笑了。

正笑的时候，手机亮了，我打开一看，是闻博文的信息。他说："你到了吗？房间很冷，记得开电热毯。"

看到他的关心，我的心突然就热了，好像房间也没有那么冷了。心一热，就困了，握着手机倒在床上，睡了过去。我已经忘记，我有多少个夜晚没有好好睡过觉了。

醒来的时候，已经是第二天下午了。我正洗漱的时候，听见有人推门。我伸出头看见闻博文站在门口。

他和以前完全不一样了，那张惨白的脸变成了麦色，蓄着一撮小胡子，留着长发，遮住了一边脸，最重要的是他微笑着。没有了以前的疏离和冷漠，让我一瞬间觉得，这是他的胞弟，而不是他。

他看见我吃惊的眼神，笑着说："怎么，不认识我了？"

我从卫生间出来看着他，看着这个陌生的男子，他和闻博文没有一点相似之处，不过此时他这副样子，确实很符合我对无戒的想象。

我脱口而出说："你是无戒，不是闻博文。"

他又笑了，笑得很大声："那不是一样吗？"

我说："不一样，我更喜欢无戒。"

他还是那个样子看着我，说："小姑娘，不要轻易说喜欢一个男子。"

我被他这样一说，脸瞬间感觉火辣辣地烧，恨不得找个地缝钻进去。他把包扔在床上，对我说："走，去吃饭，我还没有吃饭呢，饿死了。"

他锁门的时候，我看见了他胳膊上的伤疤，不是一道，是好多道，弯弯曲曲的，交叉在一起，丑陋至极。我想伸出手去抚摸那伤疤，手伸出去一半，又觉不妥。还没来得及收回的时候，被他看见了。

他抬起手，把我的手握在手心里，贴在我的耳朵边说："还记得那天晚上吗？我一直记得，其实我没醉，只是……"

那句话他没有说完，就转移了话题。我们在一家茶馆吃糕点，坐在靠窗的位置，转过头可以看见小河。闻博文就坐在我对面，有种时光重叠的感觉。我瞬间分不清闻博文和吴一纶我爱的是谁。此时的场景好像是在重复以前的生活一样，甚至，连心情都一样，忐忑而期待，在期待中还掺杂着一丝幸福。

闻博文话很少，即使他变了样子，有些特性还是没有变，习惯发呆。我们吃完饭，坐在窗边，不说话，两个人看着窗外发呆，听时间流逝的声音。过了很久，他问我："你听到了什么？"

我说："我听到了你的心跳。你呢？"

他说："我听到世人的呐喊，听到他们在痛苦中挣扎的声音。"

我说："你果然是无戒，我以后可以喊你无戒吗？"

他说："都一样，你随意。我可以听你的心跳吗？"

他问我，问得很认真。虽然这个动作想象起来很猥琐，可是他说得那么自然，那眼睛像孩子一样单纯。他对我说：

“可以吗？”

他的头贴了过来，靠近我的胸脯，耳朵紧靠着我的心脏，像极了躲在妈妈怀抱里的婴儿，我忍不住伸出手抱住了他。

我听见他惊喜地跟我说：“我真的听见了你的心跳，那是生命的声音。”

他从我怀里直起身来，脸上写满了兴奋和满足。和他年龄看起来极其不符，我开始困惑了，一个人怎么会有这么多面呢？纯真，冷漠，温和，疏离，哪个都是他，又好像哪个都不是他。

愈了解他，我发现我愈想爱他。

十五

在来找闻博文之前，我已经做好了被他冷漠拒绝的准备，只是我没想到的是，在这里见到了一个完全不一样的闻博文。

我用了很久才适应他就是我认识的闻博文，他还是会坐在桌子前面一边发呆，一边看书。我一边看书，一边看他。他还是习惯性地沉默，但对我的态度很温和。

我在他身边待到第十天的时候，他才想起问我：“你何时回去？”我说：“不回去了，我辞职了。”

他问我：“那你以后怎么办？”

我不知道怎么回答，只是说：“还不知道，只是想出来走走。”

正说着话，他就没有声了。我抬起头看见他在写作，坐在桌子前，键盘噼里啪啦的声音在房间里回荡。我感受到他在写作的时候，灵魂似乎苏醒了，充满力量，非常迷人。在生活里，他总是安静的，没有一点人气，即使他性格变得温和，我也时常感受不到他的存在。

跟他在一起的时候，我有时会想起吴一纶，他简单、纯粹、直接，充满朝气。那是我最向往的生活状态，我希望拥有那样的人生，可以肆意地去爱，可以无所顾忌地追求自己想要的一切，活得世俗而真实。就是如此简单的人生，有些人终其一生都无法得到，譬如我，譬如无戒。

后来甄玉问我：“爱过吴一纶吗？”说实话，我并不清楚，只是他的微笑，像是刻在我的心里，无论他离开多久，我只要一想起他，就会想到他对我笑。那微笑纯真无邪，能净化世间所有，扫除人心中的阴霾。

至于是否爱过他，我也不知道。只是他离开之后，我很长一段时间都很失落，像小时候丢失了自己心爱的笔记本一样难过。时间久了，那种感觉就淡了，到现在我已经想不起他的容貌，只记得那一张模糊不清但微笑着的脸。一想到那笑脸，我的心就热烘烘的。想必我也是真的爱过吧！如果这不是爱情，那什么才是爱情呢？我问自己。

闻博文写稿子，写了整整一下午，我在房间里待了整整一下午。听着他噼里啪啦的打字声，眼皮变得越来越沉，竟然躺在床上睡着了。

自从父亲去世，我已经好久没有好好睡过觉了。黑夜一到来，我就会变得亢奋，双眼怎么都无法闭上。

醒来的时候，我看见闻博文站在我的房间里，离我不远，他像是在盯着我看。看见我睁开眼睛，他很温柔地问道："你醒了，是不是做噩梦了？我刚才听见你在哭，所以进来看看。"

我在梦里哭，我刚才在做什么梦？我很努力地想，却一点都想不起来。只是醒来之后，还是会感觉胸口闷闷的，那应该是难受的感觉。

"我忘记了我刚才的梦。"

他说："没有关系，我也时常这样，能够忘记让你痛苦的事情，也是好的。"他说这句话的时候，微笑着。他的笑容很苍白，那笑意里藏了很多东西，唯独不见快乐。他每次笑的时候，我都会想起在台上表演的小丑，那张脸像是面具，并不是真实的他。

天已经暗了下来，这座小城又一次开始隐身，那种安静，常常让人有置身荒野的感觉。离开西安已经半个月，生活渐渐慢了下来。我不再上班，身上消毒水的味道渐渐消失，跟着消失的还有那颗惴惴不安的心。

与甄玉的联系也渐渐变少，我很少打电话给她，她也很少打电话给我。打电话的时候，可以说的事情越来越少，到最后甚至很久都不联系。还记得我们曾经说过，这一辈子都要在一起，不离不弃。现在想来也甚是可笑，好像没有谁会永远存在于你的生命里，亲人、爱人、朋友，没有一个可以。

闻博文说："该吃饭了，我带你去吃饭。"

我穿上外套，跟着他出了门。我们并肩走在这座小城的青石板上，沿着青石板走到头，是一座小桥，过了桥是村子。村子里路两边亮着灯，开着很多小店铺，很有当地的特色。每到晚上，闻博文都会带我来这里吃饭。街上的人似乎都跟他很熟，热情地打着招呼，还有人问："博文，带女朋友回来了？"

他不反驳，也不承认，还是微笑着，点头和大家问好。

我转过头看他，看见他也转过头看我，然后我们都笑了。这一次他笑得很真实，嘴巴渐渐咧开，眼睛发着光，整个脸因为他的笑容，而变得柔和。我的心跟着他的笑容狂跳不止，脸不断地在升温。虽然是冬天，脸却在顷刻间红彤彤的。我承认，无论是哪样的他，都对我有着致命的吸引力，我爱上了这个男孩。可能这场恋爱，就如同飞蛾扑火一般，注定没有结果，可是我却无法控制。

我对闻博文的感觉和对吴一纶的感觉完全不一样。后来我一直在想：我是否爱过吴一纶？此时的吴一纶已经是一个孩子的父亲了，他过着平凡而简单的生活。我甚至有些庆幸他选择离开了我，如果跟我在一起，他可能永远无法拥有这样的幸福。我是个破碎的人，很难好好生活。

从某种意义上来讲，闻博文和我是一类人，我们都有一颗破碎且难以完整的心。那天晚上，我们在一个小酒馆喝酒，酒是个好东西，能够让人在某个瞬间，忘记这个世界上发生的所有事情。

闻博文喝得比我还多，我忘记了我们是怎样回家的。只是那天晚上之后，我们之间的关系变了，我成了他的女人，我们真的在一起了。我们摇摇晃晃地回到房间，两个人瘫倒在床上。之后，闻博文开始脱衣服，我被他拥入了怀抱。他的吻铺天盖地地压了下来，我张开嘴咬破了他的唇。他惊恐地看着瑟瑟发抖的我，起身帮我裹紧被子，看着我说："王子，你怎么了？"

那件事就这样涌上我的心头，那个我藏了十几年的秘密，我努力遗忘的故事，它却那样清晰地横在我的脑子，甚至连细节都那样清晰。闻博文就坐在我的旁边，此时他看起来清醒了不少，酒精让他的眼光迷离而神秘。这就是我爱的男子，可是我怎配得上他？

他没有追问我的故事，仅仅是坐着。关于那个秘密，除了我自己，没有人知道。也就是从那时候开始，我觉得自己已经腐烂，腐烂在青春年华里，再也没有办法干净体面地活着。

那一年我留着长长的辫子，辫子长到了腿弯，走路的时候一甩一甩的。那时候，爸爸妈妈常常对我说："你要是个男孩就好了。"

我痛恨他们那样说，所以我故意一直不剪头发，让我一看起来就是个彻彻底底的女孩子。那时候我抬起头还能看见蓝天，可以和小伙伴们一起奔跑着去上学。

只是那天之后，一切都不一样了，我的世界变成了黑白色，这世间美好的声音我再也听不见了，这世界的颜色我再也看不到了。在那个黑暗狭小的空间里，那个我叫叔叔的男人，张着他那张血盆大口，吃掉了我。

他说："这件事，你不能告诉别人，你若是告诉了家人，他们就再也不会爱你了。"

他抚摸着我的长发，眼睛里溢出来的欲望，让我觉得恐惧。我拼命地逃，拼命地跑，只是乌云遮住的太阳再也没有出现过。

回到家的时候，我想告诉妈妈，可是我嘴巴还没有张开，妈妈却看也没看我一眼就对我说：“去把碗洗了，别在这里杵着，一天天跟个木头似的。”

我那句话还没有问出口，就被扼杀在摇篮之中。我想着晚上回来问爸爸，他一定知道。想到这里，我走进了自己的房间，躺在床上睡着了，一直到晚上才醒来，迷迷糊糊，总是觉得自己的身上有一只手在游荡。我听见妈妈的骂声：“让你把碗洗了，你竟然去睡觉了，一天天什么都不干。”

爸爸回来了，他抱起了站在门口的弟弟，没有看我一眼。他把一颗糖放在弟弟的手里，问道：“今天乖不乖，听话不听话？”我就那样在门口站着，等着父亲看见我，可是他一直都没有。屋子静了下来，他们回到了自己房间休息，我也回到了自己的床上。

我想起那个人说：“你不要告诉父母，不然他们就不要你了。”

瞬间很多记忆涌上心头：“你看你父母只爱弟弟，不爱你，你其实是抱养的。”

“你要是个男孩就好了，唉！”

“你看你像个木头一样，能不能有点眼色？”

“要不是因为你弟弟，就不会有你，所以对你弟弟好一点。”

……

这些记忆让我决定隐藏这件事，永远隐藏。尽管我那时并不知道，在我身上发生了什么。只是我隐约觉得这是一件羞耻的事情，从那天之后，我剪掉了自己的长发，换上了中性的衣服，学着当个透明人。

那个男人，有时还会来我家里，看见他我总会莫名地发抖。父母与他关系极好，常常邀请他到我们家里来吃饭。吃饭的时候，他就坐在我的对面，对着我笑，我看见他的脸，变成一个血盆大口。

父母让我喊他叔叔，我怎么都喊不出口。父母对他说：“这孩子，像个木头。你别见怪。”

他会很客气地说：“我倒是觉得她那样子十分可爱。”

他们快乐地在一起吃吃喝喝，只有我似被困在那间黑暗的小房子里，任凭我如何挣扎都出不来。

有时候，父母离家会安顿他过来照看我们。

那一天之后，每一次他来到我家，我都会藏在屋里反锁着房门，一直不出去。他来敲过几次门，我都假装不在，悄悄地藏在门背后，等着他离开。

长大之后，我在一本书里看到了两个字：强奸。我终于知道，为什么从那天之后，我再也看不见世界的颜色了，因为从那天开始，我整个人已经破碎了，再也没有完整过。

十六

我从没有想过，有一天，我会把这件事，说给一个人听。

我说得断断续续、毫无章法，而且前言不搭后语。他就坐在一旁听着，我感觉到他伸出手抱住了我，我的头靠着他的肩膀，泪水滴落在他的身体上。

在黑夜里，我们相拥着坐在床上。他贴近我的耳朵说："王子，既然无法得到解脱，那就沉沦吧！不是只有爬出来才会快乐，有时候堕落也是一种快乐。"

他说的话和他的文字一样，充满魔力。我转过头回应着他的吻，渐渐地，我们变成了一个人。我感觉到我在泥潭里不断往下沉，比起挣扎，这种下沉的感觉，更让我快乐。

自从我分享了这个秘密给闻博文，他对我的态度好多了。我就这样成了他的女朋友，陪着他生活在这个小镇。

他时常整夜不睡，抱着我，说一些我完全听不懂的话。白天来临的时候，又会恢复正常，如此反复。我被他折腾得筋疲力尽，甚至不知道怎样面对我们的未来。

在这里生活了一个月，我带来的钱已经花光了，有时要依赖闻博文才能生活。我知道，我该工作了。

太阳升起的时候，闻博文就会坐在窗前写小说。他又开始写书，已经两三年没有写小说的他，再次开始写小说。他看着我说："王子，谢谢你，让我重新有了写小说的欲望。"

他的眼睛依然深不见底，我在他身边待了许久，还是无法知道他在想些什么。不过能够陪在他的身边，我已经十分满足。

我决定去找工作。闻博文说："你不必那么辛苦，我可以养活你。"他说这句话的时候，十分温柔，让我沉沦。在那一刻，我觉得他是爱我的。只是，我无法理所应当地享受他带给我的一切。

这一年的春节，我也没有回家。和闻博文在一起之后，我的生活发生了巨大的变化。他的房间渐渐有了人气，我们一起买回了很多锅碗瓢盆。没事的时候，我就在家里做饭，他不是在看小说，就是在看我。

我们像夫妻一样过起了小日子。到后来，我都以为，我们会这样过一辈子。我甚至忘记了他曾经的样子，眼里、心里只有眼前这个温柔平和的男子。只是他依旧失眠，吃安眠药的时间越来越多，没有安眠药几乎无法入睡，而且常常忘记很多事，他看起来一切安好，可又好像很不好。

我知道他病了，无数次我一说到带他去看病，他就会和我争吵。他看我的眼神变了，变得可怕；他的情绪越来越不稳定，有时候甚至会对我大打出手。

等他恢复过来，他又会抱着我一遍遍地道歉。我不知道该怎么办，只能由着他，再也不敢提去看病的事情。

清醒的时候，他会一直写小说。有时候写着写着会忘记情节，这时候，他就会异常暴躁。他的脾气越差，精神就越差，人也变得异常消瘦。有时候，正说着话，他就开始发呆。我喊他的时候，他甚至都听不到。

有一天晚上我醒来，发现他站在我的床头自言自语，一直在说："妈妈，你是不是不要我了？是不是？我知道你是不想要我了，那你为什么不杀死我？"

我走过去抱着他，喊着他的名字，可是任凭我怎样喊他，他都无法清醒。他看着我的目光，像是要杀死我一样。

他一把推开我，对着我说："你不是走了吗？为什么又回来，我死活与你何干？"我被他吓得大哭。在我哭的时候，他的眼睛渐渐不再混浊，我知道他清醒了。

他看着我，眼里的悲伤溢出来，跪在我的面前，跟我说："王子，你离开我吧！我好害怕哪天做出伤害你的事情。"

我过去亲吻着他的脸，心痛得不能自已。不知道以前他一个人的时候，是怎么过的。

年后，天气渐渐暖和了，闻博文的精神好像好了很多。他跟我说："王子，我想出去转转。在一个地方待久了，我就会无法呼吸，我需要离开。你呢，你怎么办？"

我并不知道该怎么办，不过我始终不放心他一个人离开，他已经病得很重了，若是有个闪失，我该怎么办？不管他是什么样的状态，只要他还在，我就会觉得幸福。他的公众号已经断更很久了，小说也只写了一半，常常因为思维跳跃，无法写下去。他发呆的时间越来越长，我们的交流变得越来越困难。

我打电话给原来上班的医院的院长，让他帮我联系医院，我必须想办法带他去医院，不能让他离开。原本打算去工作的我，因为他的病情，不得不放弃。我必须一步不离地跟着他。

我不知道他有怎样的过去，所有关于他的过去，都是从网上的信息里得知的，也不能确定真假。我决定打电话给吴歌，接电话的是个女人，她问我：“你找谁？”

我说：“帮我找一下吴歌。”

过了一分钟，电话里传来了吴歌的声音：“王子，是你吗？有事吗？”他的语气极为淡漠，好像并不喜欢我打扰他的生活。我深呼了一口气，跟他说：“吴歌，我和博文在一起，他很不好，我想知道他的过去。”

吴歌听见我问关于闻博文的事情，也长舒了一口气，接着说：“你们现在在哪里？”

我说：“我在乌镇，我跟他在一起，他现在意识越来越混乱，清醒的时候越来越少，总是整夜不睡，常常有很多奇怪的行为。我真的不知道怎么办了，我联系了一家医院，可是我不知道怎么跟他说，每次一提到医院，他就会失控。”

吴歌沉思了良久，说：“你等我，我收拾一下过去看你们。”

两天之后，吴歌从家里过来了，更巧的是，甄玉打电话过来跟我说要过来看我，带着他的男朋友一起。我左右为难却又不能拒绝，只能说：“好。”

吴歌到的第二天，甄玉也来了，带着那个摄影师贾俊。看见站在闻博文旁边的吴歌，甄玉脸色变了又变，随即又恢复正常。她看了我一眼，那眼神里有很多东西。

吴歌变了，变得稳重、话少，他那双弹吉他的手，布满了皱纹，粗糙不堪；脸黝黑黝黑的，那双会说话的眼睛，像是哑巴了一样，暗淡无光。

我在厨房里给他们准备饭菜，闻博文坐在窗边发呆，吴歌就坐在闻博文的旁边看着他，两个人偶尔说着什么。贾俊说这个城市太美了，要出去拍照片，他要把这里的美留下来。甄玉就站在我的旁边，小声问我："为什么不告诉我他也在？"

我说："我也想你了，我怕说了你就不会来了。"

她便没有再说话，安静地待在我身边，帮我一起做菜。良久，她跟我说："王子，我准备结婚了。"

我转过头看她，她的眼睛里蓄满了泪水，不知道是因为幸福，还是因为难过。我问她："你幸福吗？"

她说："人生哪里来的那么多幸福？我不是我妈妈，能够与爱的人相守。"

我没有想到她真的要嫁给那个宝马男了。说实话，我并不喜欢那个男人，他给人的感觉过于精明。可是这些话，我并不适合说，只能说："亲爱的，祝你幸福，结婚也挺好，就安定了。"

她说："不说我了，说说你吧！什么时候和大才子结婚啊？”

听到甄玉这样说，我的心痛了一下，菜刀一歪，直接切到手上，血瞬间就冒了出来。甄玉尖叫起来：“王子，你真是笨蛋，怎么会切到手呢！”

说着她冲出了厨房，问闻博文：“你们家有创可贴吗？”他站起来，从抽屉里拿出创可贴递给甄玉，又回到了自己的书桌前，继续发呆。

甄玉瞪大眼睛，不敢相信地看着闻博文：“你女朋友手被切了，你怎么能无动于衷？你是冷血动物吗？”

听见争吵声，我从厨房里出来，拉走了甄玉。她还在那里愤愤不平呢。我看见闻博文朝我走了过来，然后拿起我的手指，用嘴吸掉了上面的血迹，将创可贴贴在伤口上，对着我笑。

看见他这个样子，我终于控制不住，转身跑进房间，放声大哭。甄玉跟着进来了，坐在我的旁边问：“王子，到底怎么了，你看起来过得并不好？”

我并没有跟甄玉说过闻博文的病，我知道甄玉因为吴歌的事情，一直很难过，我不想她为了我的事情，再徒增烦恼。

可是这一刻，我再也忍不了了：“亲爱的，他病了，我不知道他怎样才能恢复，所以才叫吴歌过来帮忙。”

甄玉坐在我旁边，把我的手拉起来放在她的手心里说：“你呀你，还是这样的性子，什么事情都是自己扛。你忘了我说过的话了吗？以后有我，你再也不是一个人了。无论发生什么事情，我都会陪着你。”

“谢谢你，甄玉，可是我真的不知道怎么办了。他现在看起来越来越严重，常常自言自语，或者长久地发呆。每次一说到去医院，他就会性情大变。”

甄玉说：“亲爱的，没事。我们先出去做饭，一切都会好的，相信我，无论什么事情，都会有办法解决的。”

她拉着我出了房间，我们刚把饭做好，贾俊正好从外面回来。他一回来就拿着他拍的照片给甄玉看，眉飞色舞地跟甄玉讲解着他照片里的故事。贾俊的一只手放在甄玉的肩膀上，脸快要贴到甄玉的脸上了。甄玉耐心地听着，浅笑着，那笑容却让我极为伤感。

我看见吴歌看了一眼他们，转过身看着窗外。夜幕降临，在灯光下，他被隐匿在窗外的黑暗里，极其孤单。只有闻博文像没事人，坐在饭桌前，看着我说：“你真能干，又给我做好吃的。”那样子像极了小孩子。

在这间小小的房间，正发生很多很多的故事，每个人的命运，都似被提前安排好了，充满无奈和无力，无法改变。

十七

那一顿饭吃了很长时间，饭桌上的每个人心里都装着属于自己的秘密。

贾俊一直对甄玉亲昵有加，那样子像是故意做给谁看的。吴歌一直低着头吃饭，话很少。我记得他以前并不是这个样子。但吴歌真的不是以前那个唱歌、弹吉他、活力四射的少年了，倒是像一个到了暮年的老者，无欲无求，对一切都风轻云淡了。

甄玉一边应付着贾俊，脸上挂着假笑，一边目光时不时落在吴歌身上。

晚饭过后，甄玉提出去喝酒，大家都点头同意。我们一行人来到了一家小酒吧，酒吧门口挂着红色的灯笼，门牌上写着“彼岸”。想来老板也是一个文艺青年，这么有意境的名字，给人一种颓靡中的浪漫感。

酒吧里人很多，三三两两地坐在一起谈笑风生，也有单身女子，一个人坐在吧台发呆，偶尔有男子过去搭讪。

贾俊拉着甄玉坐在一个黑暗的角落，我们也跟着过去坐了下来。台上一个男子抱着吉他在唱歌，唱得极其陶醉。

我看见吴歌盯着台上的男子，眼睛开始放光。我转过身看了一眼闻博文，又看了一眼吴歌。闻博文立刻会意，他转过身对吴歌说：“你去唱一个，我很久没有听你唱歌了。”吴歌说：“唉，我都忘了怎么唱了，算了，不去丢人了。”

这时甄玉说话了：“我很想听你唱，你唱得肯定比他好。”听到这句话，贾俊脸色变了，虽然黑暗里看不清他的脸，但是我看见他拿起桌上的酒瓶开始自斟自饮。就在吴歌还在犹豫的时候，甄玉走了过来，拉起吴歌，把他推上了舞台。

吴歌接过话筒，他那低沉的嗓音、深情的模样，让这个小酒吧瞬间安静了下来。

“自你走后心憔悴……”他唱的是《寂寞沙洲冷》。

以前倒不是没有听过这首歌，只是今天晚上吴歌唱出来，却让我不由得泪流满面。或许是因为我了解吴歌唱的这首歌里的故事，等我转过头才发现泪流满面的不只是我，还有甄玉、闻博文。只有贾俊木然地坐在原地，看一眼甄玉，又看一眼吴歌。

台上的吴歌陶醉在自己的歌声里，紧闭着双眼，在台上深情地演唱。可能他还没有发现，台下的听众被他感动得一塌糊涂。

那天晚上的活动，在吴歌唱完那首歌之后就结束了。

甄玉和贾俊住在隔壁的旅馆里，晚上吴歌一直陪着闻博文。那一晚闻博文还是一夜没睡，他一直对着自己的影子说话，声音很小，说得很快，根本无法听清他在说些什么。

吴歌也没有睡，他问我："他这样多久了？"

我说："该有一个月了吧！你能告诉我关于他的故事吗？"

吴歌叹了一口气说："他四岁那年父亲外出打工，出了事故，再也没有回来。那时候，他母亲还只有二十多岁。他父亲去世之后，他们日子过得很艰难，母亲在家里待了一年，第二年就为了生活外出打工，博文就和爷爷生活在一起。我不知道那时候他对父亲的去世有没有感觉，只是他看起来沉默了很多，尤其母亲走了之后。有一天我们在一起玩，他问我，是不是没有人要他了。那时候我也很小，竟然还跟他说，爸爸妈妈永远会要你。听见这句话他就哭了。

“他六岁的时候，妈妈回家了，告诉家里人她要结婚了，但是不能带上闻博文。然后他的母亲便走了，走了很多年都没有回来过。母亲走的那天，他拉着我一起站在村口去找他的妈妈。他问我为什么他们都要走，是不是他不听话。那时候我也只有六岁，并不知道他这话里的意思。不过从那天开始，他好像一下子就长大了，时常说一些莫名其妙的话。我听不懂他话里的意思。我们一起上小学，一起上初中，上学之后他经常跟别人打架。为此他受了很多次处分，在大会上，老师让他写检查，承认错误。他仰着头看着老师说：‘我没错，是他先骂我。’

“有一次他把老师气得不让他上学了，他竟然喜滋滋地背着书包回家了。那一晚我听见他在家里的惨叫声，是爷爷打他了。后来爷爷去学校求情，差点给老师跪下。他终于又回到了学校，从那天开始他就蔫了，打不还手，骂不还口。

“上初一那年，他的爷爷因病离世，他被放在了婶婶家里。婶婶对他并不好，那时候家里条件都不好，再多加一张嘴，便更艰难了。婶婶家有四个孩子，加上博文就五个孩子了，都是农民家庭，养活起来很困难。婶婶一天到晚都骂骂咧咧，博文一直沉默着，只要有活他就去干，周末去割猪草，回家做饭，洗衣服。那年冬天，我去找博文玩，看见他那双手生满冻疮，还在院子里洗衣服，已经是冬天了，他竟然还穿着单衣。

“一直到爷爷去世的第二年，婶婶不知道从哪里找来了博文妈妈的电话。然后博文就离开了家乡，后来很多年我们都没有见过他，谁知道我们竟然考上了同一所大学。再次见到他的时候，他比小时候更沉默了。他那时候就失眠，一直持续了很多年。”

听完博文的故事，我的心碎了，他到底是怎样度过那些年的，到底独自承受了多少？我走过去抱着博文，他眼睛混浊，像是不认识我一般，一直盯着墙上的影子。

我决定送他去治疗，无论他如何抗拒，我还是要送他去治疗，我要让他正常地活着，用余生爱他。

早晨天一亮，我和吴歌带着闻博文，前往院长介绍的那所精神病医院。只是刚走进医院，博文就开始变得不正常了，他十分惊恐地看着我：“王子，你是不是要抛弃我，要把我关起来？”然后开始拼命向门外跑去，不过最终还是被医生拦了下来，带走了。

我看见他绝望地看着我，眼睛里只有恨。有那么一刻，我心软了，想带他走。甄玉在后面扶着我，我问甄玉：“我做错了吗？”

甄玉说：“你没错，他真的病了，需要治疗。”

医院的院长过来问我们：“你是王子吗？”

我打起精神站起来，说：“我是。”

他伸出手说：“你好，我和你们院长是同学。你把他放在我们这里，没有问题的，放心吧！”

我说：“好。”

院长继续问道：“你们谁是家属？住院需要家属签字。”

我说：“院长，你先让他治疗，我明天带他妈妈过来。”

那一晚我打电话给博文的妈妈，跟她说了他的情况，她似乎并不意外，只说了一句：“好，我明天就过来。”

第二天中午十二点，一个女人从门口进来了，后面跟着一个大腹便便的谢顶男子。她看见我们，说道：“我是闻博文的妈妈。”

我看着眼前的女子，她很年轻，脸上几乎看不出岁月的痕迹，说话柔声细语的，穿着一件风衣，眉眼之间和闻博文很像。

“阿姨，你好。我带你去医院。”

她看了我们一眼，没有说多余的话，就说了一个字：“好。”

贾俊和甄玉昨天晚上已经回去了，因为工作，不能再待了，也或许她不想再看到吴歌。我和吴歌跟在闻博文妈妈的后面，上了一辆车，那辆车看起来价值不菲。在车子里，那个男人问我们：“他又犯病了？”

我没有说话，只听见他妈妈说：“你不能好好说话？”

闻博文妈妈的话，让谢顶男子十分不爽，他便回了一句：“他本身就是个神经病，你不知道吗？关在医院里是最好的，谁知道他竟然跑了出来。”

博文妈妈眼眶忽然红了，没再说什么。

到了医院，院长把一份文件递给博文妈妈，她看也没看就签了字。那个谢顶男人从钱包里拿出了一沓钱，给院长说：“看好了，别让跑了再出来祸害人。”

院长看了一眼那个男人，问道：“你是患者的什么人？”

谢顶男人不耐烦地说了一句：“他老子。”

院长接过钱，摇摇头，发出了一声长叹。

签完文件之后，那男子就催促着博文妈妈离开，然后他们就真的走了。我问她：“你不想见见他吗？”

他妈妈说：“或许他不想见我。谢谢你照顾他。”

然后车子消失在医院门口。我转回到医院里，去找院长问闻博文的情况。他说：“目前看起来，并不是很好，住一段时间再看。”

我说：“我能去看看他吗？”

院长说：“你还是别去了，他的情绪很不稳定，害怕伤了你，等他好一点，我再给你安排。”

我和吴歌便离开了医院，回到了闻博文住的地方。吴歌说：“王子，我也要回了，家里还有一堆事情呢。”

然后吴歌也走了，这里只剩下我一个人了。我开始工作，在镇上一家小医院做护士，工资很低，但是够吃饭。下班之后一个人坐在房间里看书，只是我没有想到的是，我竟然就这样失去了他。

十八

闻博文入院的第六天，我接到一个电话，是医院打来的。她说："你是闻博文的家属吗？很遗憾地告诉你，闻博文自杀了。"

我挂了电话向医院飞奔而去，等到医院的时候，他已经离开了这个世界。我看见他静静地躺在床上，衣服上还残留着血渍，他的手腕绑着纱布，还有血渗出来，染红了纱布。他脸色惨白，能够清楚地看见他脸上的血管。我站在原地，看着他，眼前一黑，就什么都不知道了。

等我再次醒来，是在病房里，心空荡荡的，像是丢了什么，跟父亲去世的时候一样，只是我想不起来到底发生了什么。

我拔掉针头，走出病房，站在走廊上，眼前出现了一个男人的脸。丢失的记忆一点一点涌上心头，原来是他走了，是我害死了他。这个事实让我几乎失去活下去的希望，为什么会是这样的结果？我明明是想让他好起来，可是为什么会是这样的结果？

我是一名护士，曾在医院见到过很多人离开这个世界。只是闻博文的离开，让我彻彻底底地感受到了什么是痛苦。我日日夜夜都活在有他的回忆里，走不出来。

我病了，病了很久，一会儿清醒，一会儿糊涂，甄玉一直在我身边照顾我。我在医院住了很久，等我出院的时候，闻博文的葬礼已经结束，他去了他想去的地方，就那样消失在我的世界里。听说后事是他妈妈办的，听说他妈妈哭得很伤心……好多都是听说。

我从医院回来之后，退掉了闻博文的房子，带走他房子里所有的东西。他离开之后，我的精神一直很恍惚，很难再一个人生活，我被甄玉带回了西安。生活又回到了从前，白天上班，晚上一个人在房间里看电视。我常常会想起他，可是他却消失得如此彻底，好像从来没有出现过一样，我和他之间的一切都像是一场梦。

夜晚失眠的时候，我还是会去看他的公众号，上一次更新还停留在三个月之前，此后再也没有更新，其实是永远不会再更新了。我心中突然产生了一个念头：我要代替他好好活着，让他看到，人生并不是只有死这一条路可以走。

我换了他的电话，登录了他所有的账号，开始用无戒的笔名写文章。

很多人在下面留言：“无戒大大，你终于回来了。”

我看着看着就哭了，我不知道我是谁，我是王子，还是无戒？也有人在留言区留言说：“听说无戒上个月自杀离世，看来是假消息了，幸好你还在。”还有人说：“感觉无戒大大的文风变了，不像是一个人写的。”

我看着留言，好像文章真的就是无戒写的，他还在，满意地睡去了。

就在闻博文离世一个月之后，吴歌突然火了，火得一塌糊涂，网上都是他的视频，就是那晚在酒吧里他唱的那首《寂寞沙洲冷》。他甚至因此上了几次热搜，听说被一个经纪公司签了，要出音乐专辑。很多人蹲守在他家的门口，等着要采访这位未来的歌星。他开始出现在电视、各大活动上。褪去了原来生活带给他的沧桑，引得无数粉丝为之尖叫。

我甚至还幻想着他和甄玉可以重新开始，却没有想到，我收到了甄玉订婚的消息。那天甄玉坐在我的旁边跟我说：

“王子，我要订婚了。”

我问她：“那吴歌呢？”

她说：“我们之间再无可能了。”

我还想说些什么，甄玉却打断了我的话。“王子，过去的已经过去了，我不想再提了。”她笑着说。

“再说你看人家现在是明星，你觉得我还能配得上？只要他过得好，就可以了。”

甄玉订婚不久，就结婚了，从此过上了相夫教子的生活。我不知道她是否幸福，她很少谈及她的家庭，也很少谈起贾俊。她已经不上班了，贾俊家里条件很好，并不需要她赚钱，但她的婆婆并不是一个好相处的人，经常因为各种事情数落甄玉，甄玉听也不听，就转身离开。

因为这个事情，甄玉和贾俊争吵过很多次，每一次吵架之后，甄玉就会住到我的家里。闻博文离开之后，我好像变成了他，每天晚上坐在书桌前写文章。有时候也会写小说，写小说的时候，就会想起闻博文，想起他那一部《云端》。我记得在书中，有一次他自杀之后回到了十五岁，住在继父家里，继父的儿子时常欺负他。有时候，会在他的床上放青蛙；有时候，会悄悄藏起他的作业本；有时候，会故意撞倒他，又连声说对不起。

有一次他被锁在厕所里一整天，无法去上学，妈妈回来才把他放出来。他所有的情绪在那一天全部爆发，把继父的儿子按在地上打得头破血流。那天之后，他的妈妈给他办理了住校，从此之后，他一直住在学校，直到大学毕业。

毕业那天，他被妈妈邀请回到家里团聚，没想到吃饭的时候，继父和他的儿子又开始对他各种侮辱和嘲笑。他不知怎么了，拿起刀就刺了过去，却没想到刺穿了妈妈的胳膊。

那天之后，他被关进精神病院，直到再次死去。

我看着这个故事忽然想起那天，博文妈妈来给博文住院手续签字的时候，谢顶男人说的那一句："就不应该把他放出来，没想到他竟然跑了。"

原来，原来是这样的。我的脑海中浮现出他胳膊上那七条疤痕。原来这本《云端》是他写给自己的，而我却没能成为那个拯救他的女孩，还亲手把他关进了牢笼，害死了他。那一刻他应该很悲伤吧！他以为自己又一次被抛弃，应该很绝望，所以才选择了这样的方式来报复我。

到底是谁杀死了闻博文，是命运，还是我们这群自以为爱他的人？意识到这个问题之后，我陷入了长久的痛苦之中。

我知道，这是上天对我的惩罚，我必须承受着，也必须努力活着。若是我离开了，这个世上可能再也没有人会记得他，我要代替他活着。这就是我余生的使命，我要努力做一个正常人，让他拥有这世间最平凡的幸福。

于是我恋爱了，和我们科室的一个男医生。他叫柳钦，是个平凡的男人，对我很好，追了我很久。在想明白那件事之后，我便答应了做他的女朋友。

我们恋爱一年之后结婚了。甄玉离婚那天问我："你爱他吗？"

其实我也不知道，我只知道，我们的生活就是世界上最平凡的生活，是有些人终其一生想要的生活。

甄玉离婚之后，便回了老家，关于她为什么离婚，说来话长。有时候我在想，人活着，什么样的生活，才是最好的？始终想不明白。但是我知道，闻博文想要的不过是父慈子孝，兄友弟恭，一家和乐而已。

我下班回家时，柳钦已经回来了，他正在厨房做饭，看见我回来了，便笑嘻嘻地迎了出来，说道："回来了。准备吃饭。"

坐在沙发上看电视的婆婆看了我一眼，似乎不太高兴，我不知道她为什么不高兴，只听她一边走向厨房，一边嘴里嘟囔着："一个女人不生孩子，也不做饭，不知道娶回来为了什么？"

柳钦看着我，抱歉地笑笑，这样的场景从结婚之后，几乎每天都会发生。柳钦说婆婆三十五岁的时候丈夫去世，那时候柳钦才五岁。这么多年，婆婆一直是一个人带着柳钦，吃了很多苦。所以每一次婆婆说我的时候，柳钦都会示意我不要理会，时间久了倒也习惯了。

甄玉说：“你婆婆这就是占有欲强，嫌弃你分了他儿子的爱。”这个原因一时间让我哭笑不得。从那之后，回到家里，我尽量抢着干活，早晨尽量早起做饭。婆婆在的时候，尽量和柳钦保持距离。因为我的改变，使婆婆挑不出刺，她可能也累了，开始早出晚归，白天打麻将，晚上跳广场舞。我和柳钦的生活终于回归了平静。

夜里我还是会坐在书桌前写文章，我已经在这个公众号上更新了三年，粉丝由原来的十万，涨到了百万。很多人很喜欢我的文字，这着实让我没有想到。无戒再次红了，一同红了的还有无戒的故事。

关于无戒自杀身亡的消息在网上披露，网上铺天盖地的全是有关无戒的消息。什么无戒自杀身亡三年，为何他所有的账号还在持续更新，是借尸还魂，还是一场营销？无戒到底是自杀还是他杀？无戒自杀身亡的各种推测、各种消息蜂拥而至。在公众号后台每天都会收到成千上万条消息，有人谩骂，有人想要采访，有人想要合作，竟然还有人想要投资我们的公众号。

我看着这些消息，茫然地坐在桌前.也因为这些风波，无戒的那本《云端》被销售一空，很多专家评价无戒是天才作家。无戒的名字一夜之间好像全世界都知道了，曾经我害怕有一天有人忘记他，而选择用他的微信更文。没有想到的是，却让所有人记住了他，不知道他是开心还是难过？那天晚上柳钦问我："你还爱着他吗？"

我说："我是你的妻子，这一生只可能是你的妻子。他已经不在了，以后，我也不会再替他写文章了。"

柳钦说："王子，我只要你快乐。"

我看着眼前这个男子，这个我称为丈夫的男人，原来这世界上真的会有人如此爱我。我伸出手拥抱了他，他身体的温度传遍了我的身体。

十九

我以为我放弃这个公众号，停止更文，这件事就过去了，但事情并没有我想的那么简单。关于无戒的故事，还在网络上持续发酵。就在这时，无戒那个同母异父的弟弟在网上发声说是我亲手将闻博文送进了精神病院，他哥哥因为伤心过度，而选择自杀。同时还说，我之所以这么做，其实就是为了将来冒充无戒，来获取某种利益。

因为这个发声，我的生活发生了翻天覆地的变化。不知道他们怎么找到了我的电话，每天都有无数个电话打进来，还有很多人发短信给我说很多不堪入目的话语，甚至我的住处、行踪都被暴露。有一天晚上，在我回家的路上，我正走着，忽然有人朝我泼过来一桶油漆。我站在黑夜里看着星空，问闻博文："这是你给我的报复吗？若这是你想的，我都可以承受。"

我忘记了我是怎样回到家里的，柳钦帮我脱掉了衣服，把我推进了浴室里。婆婆看见狼狈的我，却没有出言嘲笑，只是一直看着柳钦，很想知道发生了什么。柳钦暗示婆婆不要问，婆婆又坐回了沙发上。我听见她在外面说："油漆可能要用汽油才能洗下来，柳钦你去搞一些。"

那一晚，我在浴室里待了五个小时。遇到这样的事情，我感到很痛苦，可是一想到闻博文，他曾经承受过比我更大的痛苦，我忽然就有了勇气站起来面对。不管怎样，我一定要好好活下去，活成他想要的样子。

就在我不知道该怎么办的时候，吴歌回来了，甄玉也回来了。他们两个人一起出现在我的面前，这让我十分惊讶。尽管那些关于他们的绯闻从来没有断过，可他们似乎对于这些并不在意。

此时的吴歌已经成了红遍大江南北的歌手，几乎无人不知、无人不晓，不知道他为什么会回来。这些年他一直在北京发展，上一次见他，还是三年前，他过来告诉我们，他要去北京了，之后几年，就再也没有回来。听说他母亲也搬到了北京，妻子和子女都被安排到了北京。关于他的消息，我都是从网上看到的。

他眼里的光回来了，虽然这几年在外面闯荡，看起来却丝毫没有岁月的痕迹，还年轻了不少。他看见我仍然亲切地叫着王子，甄玉跟在他的身后，一脸羞涩。我看了看甄玉，甄玉用手比了一个“嘘”给我，我知道此时她并不想说他们的故事。

吴歌说：“去原来那家酒吧聚聚？”

甄玉说：“好啊！”

她像年轻的时候一样，拉着我向酒吧走去。一晃好几年过去了，物是人非，浮浮沉沉，我们像是又回到了起点。

酒吧还是原来的酒吧，门口竖着一张大大的海报，上面写着：著名歌手吴歌曾经驻唱的地方。有女孩站在那个海报旁边拍照，吴歌压低了帽檐，拉着我们溜了进去，帮我们找到一个暗到看不清脸的地方。

甄玉看着吴歌大笑：“吴大明星现在真是太火了，想跟你喝个酒都要躲躲藏藏。”看到甄玉脸上的笑容，我知道曾经的她又回来了。我喜欢这样的甄玉，她的笑容像太阳，能够驱散这世界所有的黑暗。

服务员给我们端上来几瓶酒，吴歌熟练地打开酒瓶，还是和以前一样，温柔体贴地照顾着我们两个。

他倒好酒，看着我说：“王子，我听说你的事了。我们是朋友，这件事有我，我会帮你处理的。”我没有想到吴歌会站出来帮忙，毕竟他正在事业的高峰期，说不定这件事会影响他的前途。我连忙端起酒说：“不用了，不用了，我自己可以处理的。”

甄玉见我推辞，拉过我说：“王子，你是不是不拿我们当朋友？你又想什么事情都自己扛。你被泼油漆的事情，我们都知道了。我们是你的朋友，我们不帮你谁帮你？你说！”

吴歌几乎动用了所有的关系，帮我撤了热搜，同时召开了记者招待会。那天他站在台上告诉记者：“我曾是闻博文的朋友和发小，我和他一起长大，送他去精神病院那天我也去了。而站在我身边的这位女士，曾经是博文的女朋友，是我们一起把他送进去的。因为博文真的病了，他整晚不睡，一直对着自己的影子说话，我们没有任何办法，我们无法治愈他，我们希望他可以好起来，可是他太苦了，所以才选择离世。为此我和王子小姐也非常难过。”

刚讲完这句话，就有人问我：“我想请问王子小姐，你为什么冒充无戒？有人说你是为了名利。”听到这句话的时候，我的心沉了一下，像是有石头重重地砸在上面。

“其实我只是害怕大家忘了他而已，我并不觉得他离开了，他只是换一个方式活在这个世界。而我写的，都是他曾经所想。”

我刚说完这句话，又有人问我：“那你爱过他？听说他离世不到一年，你就交了男朋友，并且结婚。”

他的那句话，像是一把利剑精准地插进我的心房，一度让我疼得无法呼吸，甚至让我连说话的声音都开始颤抖。“你们懂什么？你们懂什么？你们知道他想要什么？你们什么都不懂，就只会乱写。”我把这句话咆哮而出，甄玉察觉出我的情绪不对，立马上台扶住了我。

就在那一刻，我好像不是我了，好像博文回来了一样。我看着他们问道：“你们想知道什么？想知道一个四岁失去父亲，六岁被母亲抛弃，上学被老师、同学欺负，长大之后被继父、继父之子欺辱，甚至被强行扔进精神病院的人是怎样在煎熬中活着的吗？你们知道他想要的是什么？不过是有一个家，过平凡的生活而已。你知道他为什么一直流浪吗？因为他没有家！

“我只想带着他的愿望活着，活成他想要的样子，过最普通的生活。这是他最后的愿望，我知道，所以我要活着，要活着。你们到底想要怎样，你们也想像逼死他一样，逼死我吗？”

当我把这些话说完之后，才发现，混乱的采访静止了。很多人都在掩面而泣，我不懂他们是否能够懂得我的心。在人群中我看见了柳钦，他走过来带着我离开了会场。

那天之后，我半个月没有出门，半个月没有上网。在一天早晨起床不久，我接到甄玉的电话，听她的声音应该有什么好消息要告诉我。我听见她说："王子，你火了，那天那个记者招待会成功了。现在网上都是你的好评，你快去看看。"

我过去坐在沙发上，打开手机，看见很多人在公众号后台给我留言，祝我幸福，希望我可以继续更新公众号。可是铺天盖地的谩骂，铺天盖地的赞赏，让我筋疲力尽，我用无戒的账号发布了最后一篇文章。

或许我们正在经历磨难，或许命运对我们从来都不公平，愿你好好活着，这世间仍然有人爱着你，只有活着才有希望，只有活着才能遇见希望。

如果你身边有人病了，记得照顾他，用你的爱温暖他，求你不要放弃他。

有些人虽然死了，但是他永远活在我们的心中。无戒不在了，但是他的愿望还在，就是过上平凡的日子。而你所拥有的，或许是别人一生都在追寻的。

珍惜当下，好好活着。

此后我会带着他的期望幸福地活下去。

希望你们也是。

王子

那是我第一次用王子这个名字发文，发完这篇文章之后，我换了手机号，换了工作单位，重新开始了新的生活。那篇告别文火了，火得一塌糊涂。可是世间再无王子，也再无闻博文，只留下无戒的名字在江湖流传。

决定改名，并不是我冲动之举，而是我深思熟虑之后做出的选择。

改名之后，我将重生。

再见之时，我已经成为王蕴之。这是无戒小说里的一个女主，那本小说并没有写完，而那本小说写的就是我和他的故事。

二十

网上关于我的故事并没有结束，只是这些已经与我无关了。一年又一年，时光在流逝，经历了这么多，好像我突然之间想明白了很多事情。包括我曾经仇视的一切，好像都不那么重要了。爸爸走了，闻博文也走了，留在身边的人越来越少，我越发觉得需要好好爱他们。

改名之后，我回了一趟老家，带着柳钦一起。妈妈一直在厨房忙忙碌碌，弟弟已经结婚了，越发成熟稳重。自从父亲离开之后，这个家一直靠着他。他的妻子是当地小学的一名教师，长相平凡，性子极好，说话的时候细声细语，和母亲的相处倒也很融洽。

母亲还是和以前一样，一直在忙，很少说话。倒是弟弟，把我安排得妥妥当当，什么也不让我干，就让我坐在炕上等着吃饭。

“你是不是把我当成猪养？”

弟弟摸摸头笑着说：“姐，回到娘家，你就应该当公主。”

这句话一出，我的眼泪哗的一下就下来了。从小到大，我一直以为我没有家，因为父亲重男轻女的思想，我甚至恨过弟弟。没想到，后来关于家所有美好的记忆都是他给我的。弟弟看见我满脸泪痕，笑着打趣我说：“姐，你啥时候变得这么矫情的？”

站在一旁的柳钦说：“我媳妇矫情不行吗？”

弟弟说：“姐夫啊，我牙倒了！你们俩真是的。”

这时，弟媳妇从门口进来了，看见眼圈红红的我，瞪了一眼弟弟，说：“你又说啥混账话了，惹得姐姐哭。”

弟弟看着媳妇，笑了笑说：“媳妇，我哪里有？是有的人被我感动得哭。”

弟媳妇把一盘鱼放在炕上，说：“准备吃饭。”

弟弟跟着媳妇从房里出去了，我坐在炕上看着家里这几个人忙来忙去的，突然明白了什么是家，什么是家人，什么是幸福。我又一次想起无戒，这应该是他想要的生活。

柳钦跟着弟弟在家跑来跑去，十分勤快，又是砍柴，又是打扫房间的。妈妈的脸色也柔和许多，不知道她是否满意这个女婿。毕竟我结婚的时候，她什么也没有问，就说了一句挺好。

我们一家人围在炕上，又吃又喝，又说又笑，只是再也看不见爸爸了。

他的照片被挂在了墙上，还是那副严肃的样子，不知道他在另一个世界过得好不好。席间，弟弟说："姐，你还记得小时候，常来我们家那个叔叔吗？他今年去世了，癌症，在床上了躺了几个月。离世的时候，身体所有的关节都碎了，瘦成了一具干尸，活活疼死了。小时候，我们还常常去他们家里吃饭呢。"

"死了吗？"

"嗯，已经有几个月了。"

"死得好，罪有应得。"

"姐，你在说什么？"

"我说，太可怜了。"

这时候妈妈说话了："吃你的饭，话也太多了吧！"

我看见妈妈脸上掠过一丝难过的神情，随即就恢复正常了。我还以为自己看错了呢！那一顿饭，我吃得格外痛快，大概是因为听到那个人得到报应了吧！

饭后，妈妈去地里干活，柳钦去村子溜达，弟媳妇去上班了。家里只剩下我和弟弟两个人，我听见他说："你知道吗，妈以前和那个常来我们家的叔叔谈过恋爱？"

我还真没有想到，有这样一个故事。我只记得，从小到大，妈妈都很不喜欢说话，家里几乎听不到她的声音，她总是默默地做事，让我觉得她看似活着，实则已经死了。

"你是怎么知道的？"

"我是偶尔听村里人说的，他们三个是一起长大的。长大之后，妈妈和那个叔叔两情相悦，自然就在一起了。只是没有想到的是，父亲一直喜欢母亲，在一次酒醉之后，他做了那样的事情，然后母亲就有了大姐。再之后他们就结婚了，那个叔叔离开了家乡，好几年后才回来。"

我这才想起，每一次那个人来家里的时候，父亲总是很热情，这种热情里应该有愧疚吧！母亲总是会做一桌子好菜。原来他们之间还有这样的故事，那么他对我做的事情呢，应该是他对父亲的一种报复吧！

听完这个故事，我突然觉得可笑，因为突然之间我不知道怪谁了，不知道到底是谁造成了我的悲剧。我看着窗外，想起父亲：为什么你会做出这样的事情？为什么你要让我为你的痛苦买单？我甚至怀疑母亲是知道他曾经对我做过那样的事情的，才会在弟弟谈起他的时候出言阻止。

那么这个家将是多么可怕，为什么会是这样呢？原本我回忆起小时候的一切，尤其在经历了闻博文的事情之后，我决心不再去怪他们，因为至少我曾经拥有过，至少他们没有抛弃我，至少我还有家，甚至我还想起小时候，父亲和母亲也曾用自己的方式爱过我。我想放下这一切从头开始，可是现在我才知道，我的双亲，他们真的不爱我，也从不在乎我，甚至我所有的悲剧都是他们造成的。

想到这里，我一刻也不想在这个家里待了，如果我再不走，我怕我会杀人。

弟弟看见我情绪不对，走过来拉了我一把，问道："姐，你怎么了？"

我抬起头看着弟弟，说："没事，只是想起一些事。我和你姐夫明天就回了，这个家以后就靠你了。"

弟弟说："说这些干什么？这是我应该做的。"

晚上妈妈从地里回来，我去她的房间找她，她坐在炕上，像一座雕塑，看见我进来，也没有说话。

我坐在她的对面，看着母亲，问道："你爱过爸爸吗？"

她怔了一下，然后缓缓地说："有什么爱不爱的！不过是搭伙过日子而已。”

“父亲去世你是觉得痛苦还是解脱呢？”

她没有回答我，脸上流下了两行泪。不知道她是因为什么而难过，应该是她最爱的人离开了，她很伤心吧！

不过此时的母亲已经无法引起我一丝怜悯了，我看着她，继续问道：“你知道那件事吗？就是那个叔叔对我做的一切。”

母亲突然情绪失控了，她冲着我喊：“你走，你走！”

我看见她失控的样子，痛快极了：“你是不是觉得很痛苦，可是你想过我吗？”

她从炕上下来，站在我的面前看着我，一直重复着：“报应啊！这都是报应。”

母亲的怒吼，惊动了柳钦和弟弟。他们两个冲进房间，看见情绪激动的母亲和站在原地一脸漠然的我，急切地问道：“怎么了，发生了什么事情？”

我拉着柳钦，说：“我们走，这里太让我恶心了。”

弟弟脸上满是痛苦，看看妈妈又看看我，不知道该怎么办。我转过身对弟弟说：“谢谢你，让我感受到家的温暖。我走了，照顾好妈。”

我拉着一脸茫然的柳钦，消失在静谧的村庄里。再次醒来的时候，我已经回到了自己的家里。早晨起来，柳钦已经做好了早饭，看见我醒来，他关切地问道："醒了，你还好吧？"

我伸出手抱着柳钦，问："你会离开我吗？你会欺骗我吗？"

柳钦在我额头上落下一个吻，说："我会永远在你身边，你相信我。"

我的人生总是在不断拥有，又不断失去。我曾经以为我拥有了，却在某一天发现都是笑话。我想要爱的人，我心心念念的家，到最后，只有欺骗、漠然和抛弃。

我好害怕失去柳钦，虽然我并不知道我是否爱他，可是除了他，我什么也没有了。那天之后，我一直黏着柳钦，他对我永远是那样温柔和包容，让我那一颗不安的心，渐渐安静了下来。

二十一

招待会结束之后，甄玉就跟着吴歌走了，再次回来时，已经是来年的春天了。

她穿着一件旗袍，背着一个巨大的旅行包，站在我家门口。她看见我，冲进来一把抱住："王子，我可真是想死你了。"

她离婚之后，我们已经很少在一起聚了。再见时，有些恍惚，不得不说，我们都老了，都已经成了三十几岁的女人。还记得初见时，她还是个年轻女孩，如今她身上那股纯真被成熟代替，显得更加美艳动人了，加上她本身绝美的容颜，更是美得不可方物。

她在我家里住了下来，我们白天黑夜都在一起。对此柳钦很乐意，婆婆每天早出晚归，倒也没有意见。

甄玉和吴歌的故事，像是一本没有结局的书，怎么也写不完。甄玉结婚那年，吴歌离开家去了北京，后来成了歌手，红遍了大江南北。

甄玉和贾俊结婚之后，两个人感情一直不好，具体因为什么，我也不得而知。只是结婚之后的甄玉，再也没有笑过，经常在半夜的时候，打电话给我。每一次我都是在吴歌曾经驻唱的那家酒吧找到买醉的她。

有一次，我看到甄玉左侧脸颊上一片红肿，依稀能看出手指印。她扑进我的怀里抱着我说："王子，我好累，好累。"

我抱着她，静静地坐着。这里一如之前一样热闹，可这热闹背后藏着无尽的孤独。我看看这群人，又看看怀里的甄玉，觉得难过。人想要平凡的生活，当真很难。这些不可预知的困境，常常把人拉进无尽的黑暗里。

甄玉说："我真的过不下去了。"

"那就分开。"

"可是他不愿意。"

她坐了起来，又把一杯酒灌进了身体里。她对着我笑，一边笑一边说："王子，你信命吗？或许这就是我的命。"

她笑着笑着笑出了眼泪，她指着脸上的伤说："这不算什么，它最终会好，会恢复原来的样子，只是这里，怎么好？好像好不了了。”她指着自己的心：“王子，你比我幸运，你遇见了柳钦，他对你是那样好。”

我不知道该说什么，便静静地坐着，看着，听着。

我们回家的时候，已经快要天亮了，她喝得不省人事，贾俊甚至连一个问候都没有。那天她在我家睡了很久，一直睡到下午。

醒来之后她跟我说：“我要回去了。谢谢你，王子。”

我看着她离开的背影，在想：生活到底是什么？为什么每个人都活得如此艰难？

甄玉和贾俊之间的矛盾就是从那时候开始愈演愈烈的，到最后，他们几乎没有办法沟通了。甄玉从贾俊家里搬了出来，住在离我不远的一套公寓里。她重新开始工作了，在一家淘宝店做模特。工作并不是很忙，大多数时间都和我泡在一起。那时候，我刚结婚，还未从失去闻博文的痛苦中走出来。

两个同病相怜的女人整日待在一起酗酒，每次回到家里看到柳钦，我都无比愧疚。可是他从没有抱怨过我，对我极其照顾：在我醉得不省人事的时候，把我带回家；在我无理取闹的时候，尽力包容。他常说的一句话就是：“只要你不离开我，我就会选择好好爱你。”

这样的状态持续了半年多，我终于没有办法再无视柳钦的爱，决定试着去爱他。我还记得，那时他开心得像个孩子，抱着我说："王子，我发誓，我这一生，只对你好。"

就在我恢复正常生活不久后，甄玉告诉我，她决定离婚了。关于她离婚的事情，我后来才知道真相，若是没有那件事，我不知道甄玉还要在这段婚姻里痛苦多久。甄玉从家里搬出来之后，很久都没有回去，贾俊过来找过她几次，可是甄玉一直坚持不回家，两个人一次又一次不欢而散。

那天中午，甄玉因为晚上要参加一个重要的活动，所以回家去找自己的礼服，只是没想到会看到那样的一幕。在客厅的沙发上，贾俊正在和一个陌生女人亲吻。甄玉站在门口，眼圈发红，良久，说不出话来，随后转身离去。贾俊看到她离开，立刻推开身边的女人，追了出来，但还是被甄玉甩开了。

甄玉说："王子，你不知道那种感觉，像是吃了苍蝇一样恶心。我不知道为什么会和这样的人结婚！"

那件事情之后，贾俊一直来找甄玉，就像追甄玉的时候一样，买花、送各种名牌包包。而甄玉心里想的只有一件事，那就是离婚。贾俊用尽了各种方法，最终还是没有能挽回甄玉。

我最后一次见贾俊是他们离婚的前夕，那天贾俊打电话给我：“王子，能出来聊聊吗？”

我说：“好。”

他还是开着他那辆红色的宝马，浑身上下都是名牌，站在他身边，我就像个土包子。他热情地招呼我进了一家我从未去过的高档餐厅，我看着眼前这个男人，一点都看不出他怎么会打女人。他看起来绅士极了，像极了我想象中王子的样子。但我没想到，他会是一个道貌岸然的负心汉。

他看着我，说：“很唐突约你出来，我知道你是她最好的朋友，我只是想知道她有没有爱过我。还有她心里住的那个男人，到底是什么样的。”

我看着贾俊，忽然有些心疼，心疼这个男人。我知道甄玉和吴歌之间的故事，也知道甄玉从未忘记吴歌，只是不知道，这件事对于她的丈夫来说亦是莫大的痛苦。

他说：“为什么我怎么都留不住她？为什么我做什么她都无动于衷？她虽然和我结婚了，可是她心里想的都是另一个人。我不知道要怎样做，才能让她爱上我。”

我听着贾俊的控诉，忽然明白他们之间的矛盾来自哪里，以前我总是觉得甄玉的痛苦是贾俊造成的。现在我才知道，他们之间的痛苦在于身处一段错位的爱情。

我说：“你们离婚吧！放彼此一条生路。”

他好久没有说话，低着头，再次抬起头的时候，我看见他满眼泪痕。他说："她是不是真的没有爱过我？"

我说："或许爱过，不然她不会在你做了那件事之后，那样痛苦。"

听到这句话，他突然笑了："她真的为我痛苦吗？"

我说："是的。"

"她竟然为我痛苦！你知道吗？我做的所有的一切，都是为了让她难过，让她痛苦。你知道被漠视的感觉吗？就是你做的所有事情，她都毫无感觉。我不是没有尝试过对她好，只是我无论怎样做，她都不开心，让我觉得自己像个傻子。你能明白那种感受吗？所以我才会做那些事刺激她，想看她心中是否有我，可现在她却要和我离婚了，我真的不知道该怎么办。你帮帮我，好吗？"

"离婚吧！或许这才是最好的结局，也只有这样你们才能得到解脱。"

他听见这句话，一下子沉默了，很久都没有说话。

那天见面不久，甄玉就离婚了，贾俊把房子和车都留给了她。我知道这个男人是真的爱甄玉，可是甄玉看不见，她的心已经被另一个人占满了。

贾俊离婚一个月之后就出国了，之后很久都没有消息。

过了不久，吴歌便从北京回来了，我并没有见到吴歌，我只听说他回来开演唱会。那段时间，甄玉一直没有消息，再次接到她的电话，说她已经去了北京。

二十二

甄玉再次回来就是帮我开记者招待会的那天，她是和吴歌一起回来的。说实话，我是羡慕甄玉的，无论她经历了怎样的痛苦，最终她还是和自己心爱的那个人在一起了。而我呢？他永远回不来了。

甄玉坐在我旁边跟我说：“王子，我真的不知道，该怎么办。我很痛苦，我知道这样做不道德，可是我无法控制自己，我无法放弃爱他。”

你看这多讽刺，明明他们是相爱的，明明他们先遇到，却是这样的结果。

那天吴歌回来开演唱会，结束之后，他约了甄玉。两个人一起吃了饭，看了电影，喝了酒，上了床，一切就那样自然而然地发生了。

“我们明明相爱，为什么不能在一起？为什么命运要和我开这样一个玩笑。”甄玉问我。她在跟我讲述这个故事的时候，表情很奇怪，眉头皱在一起，嘴角上扬。快乐与痛苦混合在一起，出现在一个人的脸上。

“那贾俊呢，你爱过他吗？”我问她。

甄玉听到我提到贾俊，转过头看着我，有些不快地说：“为什么要提起他？”

我突然为贾俊感到不值，他那样爱她。每个人都在为自己爱的人付出一切，因为爱，才会被看见；因为不爱，你所做的一切都是错的。

甄玉和吴歌去了北京，住进了吴歌准备的小别墅，两个人整日在一起。甄玉说到这里的时候，我突然想起吴歌的妻子，那个胖胖的农村女人，不知她是否知道自己的丈夫和另一个女人在一起？若是她知道会不会觉得痛苦？我甚至都能想象到，她扯着嗓门数落吴歌的样子。

难道这就是生活的真相，一些人都被老天玩弄于股掌之中，永远无法得到自己想要的幸福，只有通过这样激烈的手段，才能拥有那一点点快乐？

甄玉在我这里待了很久，我们一起去爬山，开着车去秦岭。两个人在山间漫步，一步一步向山顶走去。她仰起头大口地呼吸着山里的新鲜空气，拉着我奔跑。她的笑声回荡在山林之间，路边的竹林郁郁葱葱，鸟儿的叫声清脆明亮。天空万里无云，阳光透过枝叶洒在我们的身上，我的心情也跟着明朗了起来。自从闻博文离开之后，我已经很久没有这样自由过了。

上一次看见甄玉这样快乐，还是那次和吴歌、吴一纶一起出去旅行的时候。她紧握着我的手，一边跑，一边絮叨着生活的小事。

她说："王子，我们会永远在一起，对吗？"

我说："是啊，我们会永远在一起！"

在半山腰的时候，我们遇见了一座小寺院，她拉着我往里跑。寺院的红色大门有些破旧，门上的油漆有很多大大小小的裂痕。

甄玉指着门跟我说："王子，你看这是这扇门的伤口。没有人不会受伤，连这扇佛门都如此伤痕累累。"

我被她逗乐了，不过后来我想起这句话，总觉得她说得很对，这句话里有太多的含义，只有经历过的人才会懂得。

寺院里的僧人在菜地里干活，挥着锄头，一上一下地重复着挖地的动作。我们来到大殿，大殿中塑着一个几米高的佛像，在香炉旁边坐着一个僧人，笑盈盈地看着我们，见我们进来，递了一炷香给我们。

甄玉拉着我许愿，我跪在佛前，突然想到我好像没有愿望，对人生的期待不过就是安稳活着而已。我抬头看着这尊大佛，不知道这世上有没有佛。若是有，为什么他们看不到人世间的痛苦，为什么会让一些人活得如此艰难？我看着看着，仿佛看见那尊佛像说话了，他在说：那一切都源于你的欲望。我再定睛一看，它根本没有动，刚才的一切不过是我的幻想而已。

坐在香案旁边的僧人，看起来已经五六十岁了，他表情恬淡，眼神清澈。那是一种我在山下人们身上从未见过的自由。

跪在一旁的甄玉，紧闭着双眼，嘴里念念有词，不知道说着什么。我跟着甄玉一起磕了头，什么愿也没有许。我一直在想：这世间有谁能救赎别人？不过是一种寄托罢了。心里如此想着，还是羡慕着甄玉，因为她比我活得简单，比我心思单纯。我看着她笑，心情也跟着好了起来。

这座寺院除了大殿，就只有几间小房子，也摆着各种各样的佛像，甄玉拉着我一一拜过。离开寺院的时候，我看见那个种地的小僧人还在种地。我突然想起了母亲，她就像那僧人一样，长年累月地重复着这些动作，不知道他们是否心中有悲喜？

我已经很久没有回过家了，甚至连家里的电话都不敢接。我的人生，就像是一个万丈深渊，我总以为要爬出来了，但其实一直在里面，从未出来过。

到达山顶的时候，已经下午四点多了，我们整整爬了四个小时。站在山巅，俯瞰整个世界，有种苍凉的感觉。向下看去，都是深不见底的山谷，偶尔有鸟儿从我们身边飞过。我和甄玉静坐在山顶，眺望着远方。

她问我：“你说，我们以后的生活会是什么样的？”

“应该和现在差不多吧！”

“你觉得活着有意思吗？”

“不管有没有意思，我都要活着，因为有人想要活着，却没有机会。”

她又问我：“吴一纶、闻博文、柳钦，你最爱谁？”

我说：“我也不知道。不过他们每个人都在我心里。”

她看着我说：“王子，其实有时候，我很忌妒你。你永远比我幸运。”

听见她这么说，我突然笑出了声。我问她：“我幸运什么？”

“他们都爱你，你爱过的每一个人都爱你。”

“可是他俩不都离开我了吗？”

甄玉说：“那不一样，毕竟你得到过，不像我。我什么都没有。”

说着说着她开始哭了，我过去抱着她，任凭她在我怀里哭泣。我知道她过得很辛苦，可是谁不辛苦呢？

我还记得，刚认识的时候，她跟我说：“我爸爸是个杀人犯。”那时候，她就像现在一样无助。也记得他父亲出狱那天，她快乐得像个傻子。我和她有什么区别呢？我也曾羡慕她有那样爱她的父母，而我的父母却那样对我，我所有的痛苦都来源于他们，可是他们却表现得那样无辜，好像一切都是我应该承受的。

每一次想起父亲曾经犯下那样的罪行，而母亲竟然纵容着别人伤害我，我就会痛到无法呼吸。我的人生就像是一个笑话，还是一个冷笑话。

看着甄玉哭，我都觉得羡慕，已经多久了，我连哭都不会，只能麻木地活着。

我们下山的时候，已经下午六点了，到了山底，天已经黑了。夜晚的山林，像是一个巨型怪兽，阴森可怖。我和甄玉飞快地逃离了这座大山，向市里奔去。

回家的路上甄玉和我说："吴歌要离婚了，我们会重新在一起。"

我说："那他的老婆怎么办？"

甄玉忽然冷漠了起来，有些不悦地说："他们不相爱，在一起只有痛苦。"

"可是他老婆没有错，你们这样不道德。"

甄玉转过头不看我，然后说："为什么相爱的人不能在一起？他们之间就是个错误，就像我和贾俊一样，是个错误而已。"

"你们不应该只考虑自己。"

"王子，你永远都是这副圣母的样子。你知道吗？我讨厌你这个样子，你不是我的朋友吗？"

我万万没有想到，甄玉是这样想我的，我不可置信地看着她。

她盯着我的眼睛，一点都不示弱。她说："你和我一样，我们都是一样的人，你以为你有多高尚？你和柳钦在一起，心里却装着闻博文，你和我有什么不一样？你没有资格那样说我，知道吗？"

她的情绪很激动，她的话，像是一根刺扎进我的心里，疼得我忘记了自己还在开车。车子开始不受控制，疯了一样冲向前方，然后我失去了所有的意识。

二十三

当我再次醒来的时候，躺在医院，手上脚上都绑着石膏。柳钦坐在我的旁边，看见我醒来，露出关切的眼神："醒了？感觉哪里不舒服？"

我看着他，又看了看旁边，不见甄玉。我的心变得不安起来。"甄玉呢？甄玉呢？"我看着柳钦问道。

"她没事，在隔壁房间呢，她比你伤得轻，没事的。"他说得云淡风轻，我却一点都不相信他说的话，我还记得失去意识前，甄玉惊恐的叫声。我挣扎着从床上起来："我要去看她，我要见甄玉。"

柳钦放下手里的水壶过来按着我，说："医生说她没事。

你现在不能动，你全身上下六处骨折，你不能这样任性。”

“不，我不，我要见甄玉！”

谁也不知道此时我有多害怕，要是甄玉也因为我而离开，那我还要怎么活下去？就在我和柳钦玩命的时候，房间门开了，我看见头上缠着纱布的甄玉出现在了门口，吴歌就站在甄玉的身后。

她看见我先是一笑，然后才开口说：“你这是干吗？是不是着急要去看我死了没有？让你失望了，我活得好好的。”

她那贱兮兮的样子，让人看着很想打一顿。

“玉儿，你没死啊，我还以为……”我边说边哭。

她走了过来，抱着我说：“你看看你，像个什么样子，赶紧休息。你不知道你现在就像个木乃伊吗？”

吴歌跟着进了病房，看着我俩说：“你们两个真是不让人省心，跑山上干吗去？还把车开到了树上，简直是天才。”

我和甄玉相视一笑，惹得身边两个男人哭笑不得。

甄玉一周之后便出院跟着吴歌离开了。

离开前她过来找我，在我床边坐了许久。她跟我说：“王子，我不想这一生留下遗憾，无论你怎么看我，我都想和吴歌在一起。”

在那一刻，我理解了甄玉，她比我勇敢，也比我真实。

我跟她说：“亲爱的，祝你幸福，如果吴歌欺负你，你就回来找我，我就是你娘家人。”

她起身，看着我说：“谢谢你，王子，也希望你幸福。”

甄玉走了之后，我在医院待了将近一个月才出院，出院之后，一直都没有上班，在家养伤。

在我生病的这些日子，柳钦一直陪在我身边，忙前忙后，照顾着我的饮食起居。以前我总觉得我这样的人，不配得到爱，直到遇见柳钦，是他让我知道了，每个人都值得被爱。他的爱像阳光，驱散了我心中的阴霾，让我的世界有了光。

在我住院的第十天，弟弟从家赶了过来，他风风火火地闯进病房，看见我就问：“姐，你怎么搞的，把自己伤得这么重？”

我说：“没事，不用担心，快好了。”

他又把我数落了一顿，我才发现弟弟真的长大了，做了父亲，承担起了家的责任。脸上有了岁月的痕迹，更加成熟稳重了。想起小时候，我总是欺负他，心里有些愧疚，可能在那个家里，只有他才算得上我真正的家人。

我问道：“妈怎么样？”

他眉头皱了一下，随即说道：“家里一切都好，你不要担心。”

关于那件事，弟弟应该不知道原因，不过他向来聪明，肯定明白这件事背后有隐情，所以从来没有问过，也未曾劝说过我。

这次车祸之后，我发现身边的人好像都在迁就着我。无论是甄玉、柳钦，还是弟弟，让我感受到从未有过的幸福，心中某些东西在逐渐苏醒。我记得有句话叫作“祸兮，福之所倚”，应该就是这个道理吧！

弟弟在病房陪了我三天，他还是像以前一样沉默，偶尔跟我说起村子里一些奇闻逸事，哄我开心。现在他已经开始自己承包工程，能够赚钱养家了，媳妇性子又好，小日子过得不错。只是二姐一直没有孩子，为了这事，经常和姐夫吵架，后来姐夫在外面有了人，二姐天天在家闹。对于这件事，我也没有任何办法。

弟弟说：“姐，你过好你的生活，家里的事情你别操心了。”

他离开的时候，跟我说：“空了，给妈打个电话。妈老了，不管你们之间有什么矛盾，她总归是咱妈。”

弟弟走了之后，我时常梦见妈妈。梦见她站在我面前说：“这都是报应，是你们家人应得的报应。”醒来之后，我看见睡在旁边的柳钦，心里才安稳些。我终究还是没能原谅她，那个电话一直也没有打过去。

经过了这次车祸，我终于知道，这个世界上对我最好的人是谁，他就是我的丈夫。我常常想起甄玉说的那句话：“你和我一样……你和柳钦在一起，心里却装着闻博文”也会想起贾俊曾经跟我说过：“我那么爱她，她心里却装着别人。”

想到这些，再看看柳钦，总觉得自己太过于混蛋。我伤好了之后，又重新回到了医院上班。我尝试着让自己不再去想闻博文，不去关注网络上关于无戒的故事，我决定好好过日子，重新开始。

这时已经是夏天了，那天我下班之后特意做了一桌子菜，等着柳钦回来，他刚进门，我飞奔过去拥抱他。他看着我，焦急地问：“老婆，怎么了，发生了什么事情？”

那样子傻极了，他没有吴一纶帅气，也没有闻博文的才气，可是只有他让我心安。

我对着他笑了笑，说：“没事，我就是想你。”

他听见我这样说，伸出手把我再次拥到怀里，说：“老婆，有你真好。”

就在那一刻，我明白了，这就是我一生最想要的生活。我最想要的就是这样平稳的生活。无论是吴一纶，还是闻博文，都给不了我，只有柳钦才可以。我踮起脚，在柳钦耳边悄悄地说：“老公，我们生个孩子吧！”

柳钦抓着我的肩膀激动地问："老婆，你说什么？再说一遍。"眼睛里满是欢喜。

我看着他，一字一板地说："老公，我们生个孩子吧！"

"好啊！好啊！太好了。"

他一把抱起我，在房间里开心地转圈圈。刚好被回家的婆婆看见了，尴尬得我无处躲藏。柳钦拉着我的手站在婆婆面前说："妈，我们准备给你生个孙子，你看咋样？"

婆婆一听"孙子"，瞬间来了精神，脸上立马爬上了笑意，那刻在脸上的皱纹，都像是在微笑："孙子，有了吗？几个月了？"

我和柳钦相视一笑，说："妈，我们才准备呢。"

婆婆憨笑着说："好好好，我等着呢，你俩加油！吃完饭就赶紧去睡觉。"

我无语地看着婆婆，何时她也变得如此可爱了？饭后，婆婆又忙着去跳广场舞了，房间里只剩下我和柳钦。他把我从厨房里推了出来，不让我帮忙。我站在厨房门口，看着他洗碗，收拾厨房。他无论做什么事情，都很专注，就连洗碗这件事，都做得极其认真。

我发现，我已经很久没有认真看过他了。他眼睛狭长，麦色皮肤，常年留着寸发，喜欢穿白色的上衣，黑色的裤子。

几乎所有的衣服样式都一模一样，常常让人觉得，他似乎一年四季都不换衣服。人多的时候，你就会找不见他，他和这世界上千千万万的平凡男子一样，没有明显的个人特点。他也不爱说话，做事慢条斯理，遇见不公平的时候，总是默默承受。

他一边洗碗，一边回头看我。看我的时候，嘴角上扬。我慢慢走进厨房，伸出手从背后抱着他说："老公，辛苦你了，这些年你一直包容着我，我都知道。"

他洗碗的动作停了一下，用毛巾擦干了手，转过身，看着我，笑嘻嘻地说："那你要怎么报答我？"

他这话说得极其暧昧，我很少见到这样的他，一时间也不知道该怎样回答。他一把抱起我，抱着我进了房间。

那一夜，我才算得上真正地成了他的妻子，我能感受到他的快乐。那种快乐，从他的身上散发出来，让他变得更加温柔。我沉溺在这样美好的时光里。

我在想：我配得到幸福吗？可是这一刻，我真真切切觉得幸福，因为在这个世界上，真的有一个人把我放在他的心里，当成一个宝。

我躺在他的臂弯里迷迷糊糊地睡去了。结婚之后，我的失眠逐渐好转，只是像这样早睡的时候还是很少。

从那天开始，我的生活变了味道，苦涩一点点消失。日子开始变得很慢，下班之后，我和柳钦一起回家，手拉手走过大街小巷。在路上他会给我买各种各样好吃的，把我照顾得像个孩子。

只是我们的孩子迟迟没有来到我们身边，过了半年，我的肚子依然没有任何动静。这让等待着抱孙子的婆婆着了急，总是旁敲侧击问我们为什么还没有消息。

就在我和柳钦打算去做检查的时候，我发现例假迟迟没有来，我竟然有了。确定怀孕之后，婆婆和柳钦简直把我当瓷娃娃一样照顾着，两个人甚至商量着不让我去上班了。

我被从未有过的幸福包裹着，这一年，我三十三岁。

二十四

我要当妈妈了，虽然在此之前，我已经做好了准备，可是孩子真的来了之后，我却变得忐忑不安。害怕自己无法让他快乐地长大，害怕自己没有能力让他幸福。因为焦虑，我的脾气变得古怪，常常因为小事发脾气。柳钦总是默默忍受着，就连婆婆都变得小心翼翼，她时常跟柳钦说："女人怀了孩子之后，脾气就会变坏，你要忍着，小心我的孙子。"

每一次和柳钦吵架之后，我都会自责很久，可是却无法控制自己，一直到怀孕三个月的时候，我开始孕吐，吐得昏天暗地，几乎吃不进去一口饭。柳钦帮我请了假，让我在家待着。

待在家里的日子着实无聊，我打电话给甄玉，希望她回来看我。在我电话打过去的第三天，甄玉回来了。我去车站接她，她瘦了，瘦得像一根麻秆，衣服像是挂在她的身上一样，毫无生气。她拖着一个巨大的行李箱，穿着一件黑色的大衣，脖子上戴着一个银色的项圈，打扮得很时尚，依旧很美，不过这美带着一丝病态。

她看见我，飞奔过来抱住我。她的身体很轻，我几乎毫不费力就可以把她抱起来。她对着我笑，那笑容很苍白，像是藏着无尽的悲哀。我不知道在她身上发生了什么，不过能确定的是，她过得并不好。

她住进了我家隔壁的一家宾馆里，白天的时候，我就去宾馆里找她。她坐在我的对面，嘴里衔着一根细长的烟，吞云吐雾。

我问她："什么时候开始抽烟了？"

她说："不好意思，我忘记了你是孕妇。"

我说："没事。"

"发生了什么事情吗？"

"他无法离婚，他的妻子不愿意离婚。"

"你可以离开他吗？"

"我很想离开他，可是我做不到。"

她把烟头摁灭在烟灰缸里，看着窗外，长长地叹了一口气。那天我听到了她在北京的故事。

甄玉回到北京之后，一直住在吴歌为她买的别墅里，从那之后，吴歌就很少回家。不久，吴歌出轨的消息在网上传开，他的很多商业演出被取消。也因为这件事，吴歌整日酗酒，极其颓靡，即使这样，他也没有回家。

后来吴歌的妻子出面澄清了这件事，说这纯属子虚乌有，这场风波才渐渐平息。

“她是爱他的，她甚至比我还要爱吴歌，其实她知道我，就是不说，一直那样隐忍着。”甄玉说。

“如果她大闹或者什么的，那就好了。可她是那样懂事，明知道自己的丈夫出轨了，还帮着掩盖。我真的不知道该怎么办了。”

“那件事之后，吴歌来我这里的次数越来越少了，有时候甚至几个月都不过来。那套别墅里只剩下无尽的黑夜和孤独，我在等待中醒来，又在等待中睡去。我不知道什么时候是个头。”

“王子你知道吗？我怀了他的孩子。我以为他会很高兴，可是他却那样痛苦。”

“那个孩子，那个孩子……”她说着大哭了起来。

“他让我打掉我们的孩子，他说他不能失去他的事业。王子你说，我到底算什么？算什么？更狠的是，他竟然让他的妻子来找我。

“那个曾经的胖女人，现在完全变了一个样子。她瘦了，变得知性、成熟，有一种说不出的风情。我坐在她的对面，只有羞愧，那种感觉就像被人扒了衣服推到大街上。她对着我笑，她跟我说，不能害了吴歌，孩子出世只会毁了他。她说她不介意吴歌有别的女人，因为我不是第一个，他有很多女人，而我只是其中的一个而已。

“王子，你觉得可笑吗？太可笑了，我以为的爱情，竟然是这样的。她的妻子以胜利者的姿态坐在我的面前，嘲笑着我的无知。她离开的时候跟我说：‘你以为你跟她们不一样，其实你们都一样。只有我才是他的妻子，明媒正娶的妻子，陪他一生的女人。他是不是告诉你，我不想离婚，其实是他不敢离婚，他害怕失去他现在拥有的一切，你知道吗？’

“王子，你知道吗？这就是真相，竟然如此残酷。

“我们一起杀死了我们的孩子，他雇了一个保姆过来照顾我，而他一直都没有出现。就在那一刻我才知道，他的妻子说的是对的。只是我没有想到，他真的是这样的人。可是我遇见的吴歌不是这样的，他为什么会变，为什么会这样对我？”

我没有想到，甄玉在北京过得如此煎熬。

“你为什么不回来？”

“我不甘心，我真的不甘心。”她的语气中带着狠戾，那是我从未见过的。

我过去抱住她说：“亲爱的，我们放手好吗？你这样我害怕。”

她停止了哭泣，然后说：“我要让他失去一切，让他为他的薄情付出代价。”

“一定要这样吗？一定要这样吗？”我问她。

甄玉说：“你不是我，你多幸福，反正我什么都没有了。”她言语偏激，任凭我如何劝说，都毫无用处。不过她最终还是什么都没做。就在那一刻我知道了，她爱那个男人胜过一切。

她真的受伤了。我想起她曾经给我讲的那段过往的事情，讲起小时候，父亲入狱之后她的生活，我开始理解她的痛苦。她一直想要好好活着，想努力快乐地活着，可是这一切，她都不曾拥有过。

那天之后，甄玉再也没有说过关于吴歌的任何事，她恢复了以前的样子，陪着我吃饭，逛街，睡觉，跟我一起给孩子挑选衣物。她常常盯着我的肚子发呆，她说："要是我的孩子还在的话，应该也快出世了，不知道会长得像谁。"

甄玉颓废了很久之后，有一天跟我说，她要去上班了。之后她一直在找工作，最后签约了一家模特经纪公司，一天到晚忙得见不到踪影。而吴歌再也没有出现过，偶尔我在网上看到他的消息，他忙着开演唱会，忙着出单曲，事业蒸蒸日上，关于他出轨的消息，在网上逐渐消失了。我见识过资本的力量，那一次他帮我撤掉了热搜，这一次应该也给自己撤掉了热搜。

甄玉上班之后，精神状态好了不少，看着她逐渐好起来，我心情也跟着好了不少。

这时候，已经冬天，早晨起来，外面落了厚厚的一层雪，我像往常一样，在厨房做饭，突然感觉到肚子不适，下体有一股热流流出。我对站在我身边的柳钦说："快，帮我打120。"

他一把扶住我，焦急地问："怎么了？"

我说："我们的孩子正在离开我的身体。"

听到我这样说，柳钦慌乱了起来，他大声喊着婆婆："妈，妈，快打 120。"

我看见婆婆从房间里跑了出来，问道：“怎么了？”

柳钦说：“王子好像有流产的迹象。”

电话响了，120来了，家里闹哄哄的。我被送进了医院，等我再次醒来的时候，柳钦告诉我，我们的孩子没了。婆婆就坐在我的旁边，脑袋耷拉着，手里提着鸡汤，看见我醒了，强打起精神说：“孩子，醒了？来喝点鸡汤，补补身子。”

我看见外面大雪还在飘飘洒洒地下落，窗外的柳树上，落满了雪，整个世界被雪盖着，包围了这个有暖气的房间，让房子的温度也逐渐下降，冷得和外面的世界一样。这个房间里每个人的心都被大雪封住了，同时封住的还有他们的快乐。

我转了个身，侧躺着，不敢去看柳钦和婆婆。我害怕看见他们脸上的失意，也害怕看见那种希望之后的绝望。柳钦的手紧紧地握着我的手，他的手失去了温度，我知道此刻的他，比我更加痛苦。只是我没有想到的，他知道了那件事，那件我永远也不想让人知道的事情。

那天雪下了整整一天，一直到晚上也没有停，很多人都说这样的大雪百年难遇。雪封住了整个世界，就连出行都变得困难，气温急剧下降，冷得人都不敢出门。

柳钦把婆婆送回了家，过来陪我。回来的时候，头上、身上都落了薄薄的一层雪。他一进来，房间里跟着进来一股冷气，让房间里的温度也下降了。我躺在被窝里，看着柳钦，他好像比以前苍老了不少，胡子有几天没有刮了，看起来十分疲惫，但看见我还是强打起精神笑了笑。

我越来越害怕面对他，看见他的时候，那种愧疚感总是会油然而生。他是个好男人，却娶了我这样的女人，过得如此辛苦。

他掸了掸身上的雪，过来坐在我的旁边，问我："想吃什么？我去给你买。"

"我不饿。"

"不饿也要吃东西，你现在身子弱，你先躺着，我去给你买饭。"

他起身出去了，过了很久才回来，手里提着一碗馄饨，还买了一串我最喜欢吃的糖葫芦。

"等急了吧？今天太冷，好多店都关门了，外面摆摊的都没来，所以走得远了一些。"

他边说边把馄饨递给我。我端着那碗馄饨，吃了一口，却怎么也咽不下去。我放下碗，拉着他的手问道："我身体怎么了，为什么我们的孩子会没了？"

他皱了皱眉头，像是鼓起了很大的勇气，说了那一句话。

二十五

我以为那件事就那样过去了，再也不会有人知道，我以为我放下那一切，假装忘记，就可以重新开始生活。可谁知道，生活和我开了这样一个天大的玩笑。

柳钦看着我说：“医生说你子宫受损，不适合怀孕，怀疑你小时候受过伤害。”还不等柳钦说完，我就制止了他。

“别说了，别说了。我们离婚就好了，我不会生孩子，这是我的错。”我突然无法控制自己的情绪，变得十分激动。我知道柳钦没有错，错的是我，可我还是选择了最极端的方式。我知道我在伤害他，可是除了这样，我不知道应该怎样面对这件事。

他一把抱住了我："王子，我不会离开你，无论你有什么样的过去，我都不会离开你。"

我一把推开他，咆哮道："我不需要同情，我不需要！"

他看起来是那样无助。我看着他痛苦，不知道为什么心中生起一种快感，我发现我开始变得不正常，心理变得畸形，看到别人痛苦，我就会十分痛快。

"你是不是特想知道我的故事？没错，就是你想的那样，我曾经……你还想知道什么？我都可以告诉你！我知道，我不配拥有爱，不配拥有幸福。滚，滚，全都滚。"

这时的我已经无法正常思考问题，那件被我尘封在记忆里的事情，再次涌上心头。在那个狭小黑暗的屋子里，那张血盆大口，那邪恶的笑容，那被乌云遮住的天空。

柳钦无助地站在我的面前，他嘴唇发青，眼眶发红，眼睛里充满了泪水，就那样怔在原地。而我已经感受不到别人的情绪，开始莫名地笑，越笑越大声。我所有的坚强在那一刻完全塌陷，我想要的幸福，在柳钦知道我过去的这一刻不复存在了。

他慢慢蹲了下去，把头埋进双手之间，发出嘤嘤的哭声。我的疯笑，柳钦的哭声，让病房陷入一种十分诡异的气氛之中。护士进来了，看见我们的样子吓得跑了出去。不一会儿，医生过来了，我被注射了某种药物，然后昏睡了过去。

等我醒来的时候，已经是第二天下午四点多了，大雪已经停了，柳钦不见了。甄玉坐在我的身边，正盯着我看。

见我醒了，甄玉立刻关切地问道："你怎么了？医生说你受了严重的刺激，精神有些问题了。我看你不是好好的吗？"

我说："活在这世上，谁又不是疯子呢？"

甄玉没再说话，而是把她削好的苹果递到我的手里，问道："到底发生了什么事，连我都不能说？我昨天过来的时候发现柳钦哭了。你们到底怎么了？"

"我不能生孩子，永远无法生孩子，你知道吗？"

"就这点破事，值得吗？不能生，领养一个就可以了。"

"我可能要离婚了，玉儿。"

"离婚？王子，你脑子有问题了吧！你到哪里找柳钦那样的好男人去！你别作，小心作死！"

"我没有作，就是因为我知道他很好，所以不能拖累他。"

"孩子真的那么重要吗？不是应该相爱的两个人在一起才最重要吗？"

"玉儿，我们回不去了，因为那件事，我们再也回不去了。"我最终选择告诉了甄玉。

她边哭边抱着我说："王子，你别那么想，那不是你的错，柳钦会懂的。”甄玉看起来比我还要痛苦。我想起那天晚上，我第一次把这个秘密告诉闻博文，他告诉我，既然无法解脱，那就沉沦吧！也未尝不可。

我以为那天之后，柳钦会放弃我。谁知道，没过两天，他又来了，看起来瘦了一些，胡子刮得很干净，还理了发，依然是寸发，穿着那件蓝色格子的衬衫，套着黑色的羽绒服，脸上挂着他一贯的微笑，从病房门口走了进来。他手里提着饭盒，看见我和甄玉，热情地打招呼。外面的雪停了，太阳出来了，雪在一点一点融化，城市又恢复了原来的样子。

他把饭盛在碗里，递给我说：“吃饭，你看你这些天都瘦了。养好身体，我们回家。”

甄玉站在一旁看着我们，冲我笑笑，然后说：“我公司还有事，先走了。”

说完她就像风一样消失不见了。

房间里只剩下我和柳钦，他看起来有些不自然，坐在我旁边，惴惴不安，应该是想说些什么，却不知道如何开口。

我坐在床上静静地吃饭，是柳钦的手艺，他做饭一向好吃。我一直在等他开口，无论他跟我说什么我都会答应。我以为他会跟我提离婚，只是没有想到他纠结了许久，说出了一句“对不起”。

我放下碗，惊讶地看着他："你为什么要说对不起？"

他说："都是我不好，才让你那样痛苦。我不该问的，你不要离开我。"

说这些话的时候，他看起来很无助，像个失去心爱玩具的孩子。我扑过去抱着他，窝在他的怀里。他伸出手紧紧地抱着我说："王子，我们以后不要孩子了。如果你喜欢孩子，我们就领养一个；如果你不喜欢孩子，我们就丁克，好不好？"

我说："好。"

我在医院住了两周便出了院。从那天开始，我再也没有见婆婆笑过，她甚至连麻将都不打了，广场舞也不跳了，整天待在家里，要么唉声叹气，要么就是给我和柳钦找各种麻烦，我们的日子再次陷入兵荒马乱之中。我明白她知道了我无法生孩子的消息，所以才会如此针对我。

这一天早晨起来，我听见婆婆在房间里哭，我推开门，看见婆婆拿着公公的照片边哭边说："老头子，我对不起你，我们儿子娶了一个不会生孩子的媳妇回来。是我不好，我让你们柳家绝后了。"婆婆见我出现在门口，哭得更大声了，这时柳钦也起床了，他进了婆婆的房间，不知道两个人说了什么，后来争吵了起来。然后婆婆气呼呼地离开了家，离开家的时候，她看了我一眼，那眼神里有恨。

我们的家就这样开始破碎，曾经的平静生活我再也无法拥有了。柳钦坐在沙发上一直沉默，一句话也不说。过了几分钟，他拿起外套对我说："你去上班吧！我去找妈。"

晚上下班回来的时候，房间里依然静悄悄的，柳钦不在，婆婆也不在。我拨打柳钦的电话，一直无法接通，一直到八点的时候，柳钦打电话过来说："妈还是没有找到。"听起来他很累，几乎连说话的力气都没有。

我套上大衣，出了门，去找柳钦。找到柳钦的时候，已经九点了，他刚从麻将馆里出来，无力地靠在街边的广告牌上。看见我，他走了过来说："还是没有找到，不行就报警，别出事了。"他有气无力地说出了这句话，眼睛里全是担忧。

我拉着他去警局报了案，警察说，不够四十八小时，还不能立案，不过会帮忙留意着，让我们再去找找。那个晚上，我们几乎跑遍了整个城市，也没有找到婆婆。回到家里的时候，已经是第二天早晨九点了。谁知道，婆婆晚上就已经回来，在房间里睡了，手机关机了。看见睡在床上的婆婆，我和柳钦长舒了一口气，瘫坐在沙发上。

从那天之后，我们所有的事情，都顺着她，很怕她像那天一样离家出走，如果婆婆出事了，我们后半生真的就无法安稳了。

又一年过去了，这一年的春节过得极为无趣，我们三个人相对而坐，吃了一顿饭，就各自回了房间。九点多的时候，弟弟打电话过来问好。弟弟说："二姐离婚了，原来二姐生不了孩子，并不是她的问题，而是姐夫身体有问题，却让二姐白白受了那么多年的委屈。"

"二姐现在在哪里？还好吗？"我问弟弟。

弟弟说："去南方打工了。二姐说后半生要为自己活着，像人一样活着。说实话，我也为她高兴。"

听见这样的消息，我一时间不知是喜还是悲。挂电话的时候，弟弟又说了一句："有时间回家看看妈，她很想你。"

"妈还好吗？"

"挺好的，放心吧。"

我到底还是无法原谅她曾经对我的不公平，无法原谅因为他们的错误，让我替他们赎罪。

房间静了下来，柳钦坐在床头看书，我过去坐在他的身边，他看着我问："是家里打来的电话吗？"

"嗯，是呢，是弟弟。"

"你想回家吗？"

"回家？哪个是我家？"

柳钦没有再说话，他继续看书。我发现他正拿着无戒那本《云端》在看："你怎么想起看这本书？"

他说："看你喜欢，我也看看。"

我把他手里的书夺了过来，说："不要看这样的书，你不适合看这样的书。"

他问我："为什么？"

我过去抱着他，我已经很久没有抱过他了。他把头靠在我胸前问我："王子，是不是在你心里，我永远比不上他？"

"为什么要比呢？况且他已经死了。"

"他没有死，他一直活在你的心里。你知道我多么羡慕他吗？他虽然死了，可是你还那么爱他。"

"老公，你们不一样，他就像另一个我，我不知道自己是否爱他，可是看见他活得那样辛苦，我会心疼。而你就是我想找的丈夫，跟你在一起，我很安心，我喜欢这样的生活。"

"真的是这样吗？"

"是呢！谢谢你这些年对我的不离不弃，是你拯救了我，可是我没能拯救了他。"

柳钦抱着我的手臂加重了力量，像是要把我糅进他的身体里一样。

又一年过去了，这一年发生了很多事，不知道新的一年我们又将要面对什么，可能这一夜，每个人都在想这件事。

二十六

新年越来越没意思了。小时候，每一次过新年，我还能期待爸爸妈妈给我买新衣服，给我压岁钱。长大之后，好像什么期望都没了，所有的一切都按部就班地进行着。原先我还期望着可以有个孩子，现在连孩子都没有了，日子只剩下了无尽的等待。

我和婆婆之间的矛盾怎么也无法化解，因为我让她所有的期待都落空了。我无法怪她，我知道这一切都怪我。无论她在家说什么，我都听着、忍着。很奇怪，我并不讨厌婆婆对我的各种苛责，相比小时候被父母无视，这种苛责是热闹的，有一种被人重视的感觉。我曾经承载着她所有的期待，如今却让她失去所有的希望，我知道这种心理落差会让一个人发疯。所以我理解婆婆，倒是柳钦时常看着我说："老婆，让你受委屈了。"

其实我知道，在这个家里最委屈的是他，最难的也是他。可是他一直默默承受着这一切，有时候我看着他，会很难过。他的眼睛里有很多东西，唯独没有快乐。即使这样，他也可以很温和地对我、对婆婆、对身边的每一个人。我从未见他抱怨过，也没有见他大发雷霆过。他不太像人，更像是一台机器，没有过于浓烈的感情，对所有一切都是淡淡的。

他这样的男人本应该拥有幸福的生活，可是他却娶了我这样破碎的女人，是我把他拖进了无尽的深渊。

他白天上班，晚上回来做饭，饭后带着我去楼下散步，回家之后，躺在床上看书，十点开始睡觉。睡觉的时候喜欢从背后抱着我，把头埋进我的颈窝里，不到一分钟就能听见他的呼吸声。我躺在他的怀里失眠，有时会起床，躺在沙发上看书，听夜的低语。我还是会想起闻博文，他好像离开很久很久了，我想起他的时候，已经记不清他的面容，只能记得他的轮廓。人竟然如此健忘！我曾那样爱着他，如今却快要把他忘记。不知道是我无情，还是每个人天性如此。

偶尔我也会在网络上看到关于闻博文的故事，写什么的都有，真真假假，虚虚实实。不过大众根本不需要真相，他们不过就是看个热闹，打发这无聊的时光而已。

甄玉还在上班，她似乎从那段感情里渐渐走了出来，跟我在一起的时候，变得活泼了起来，总是在我耳边絮絮叨叨地讲她工作上的事情。她的烟瘾越来越大，因为长时间抽烟，脸色有些发黄，但还是那样瘦。她说：“我这叫骨感美，现在最流行这样的身材。”

可是我一点都不喜欢她那个样子，太瘦了，瘦到颧骨高高凸出，眼窝深陷，眼角甚至可以看见细纹。在她的身上可以看见老态，那是和以前完全不一样的一种状态。

甄玉说：“人一旦心老了，身体也会跟着快速老去。”

好像真是如此，甄玉的苍老是在一夜之间，不过即便她已经开始衰老，身边依然不乏追求者。就在甄玉逐渐走出那段感情带给她的伤害时，吴歌竟然回来了。

他开着一辆保时捷，戴着墨镜，身上的衣服一看就价值不菲。他出现在我上班的地方，引得病人和护士们连连尖叫。我拉着他找了一家餐厅坐下，他笑呵呵地跟我问好。他看起来没怎么变，还是那么年轻，和我初见他的时候一样。我们都在老去，只有他青春永驻，我看着他的脸，有些羡慕。

他和这家餐厅看起来有些格格不入，引得店里的姑娘们纷纷围观，我听见有人悄悄地问她的同伴："你看那个男人是不是歌手吴歌？"

另一个姑娘说："你怕是魔怔了，吴歌咋会出现在这样的地方！"

问话的那个姑娘，脸上露出失望的神情，对另一个姑娘说："你说的也是，不过他好帅。"

吴歌像是没有听见这些议论一样，熟练地点餐，对服务员极其有礼貌。我看见那个点餐的服务员，脸上很快爬上一丝红晕，拿着菜单飞快逃离。

他皱了皱眉头，问道："你最近可好？"

"还好，还好，你回来做什么？"

"我回来找她，她失踪了，我已经找她许久了。"

"你找她做什么？你无法给她未来，就不要去招惹她，让她安稳地生活不行吗？"

吴歌摘下眼镜，看着我说："王子，并非我绝情，你知道我是爱她的。"

"爱她？你不觉得可笑吗？"

"你不是我，不懂我的难处。我会处理好这一切。"

"那等你处理好了再来找她，不好吗？"

“王子，我知道你心疼她，可我何尝不是？求你让我见她一面，你一定知道她在哪里。”

“算了吧！她现在过得很好。”

“我很爱她，你不是不知道。”

“爱她？你让她给你当小三，逼她打掉孩子，让你老婆去羞辱她。这就是你的爱？吴歌你太可笑了。”

他颓然地坐在椅子上，这时饭菜被端了上来。他吃了一口菜，很小的一口，皱了皱眉头，说：“我有苦衷。”

“你的苦衷不过是你无法舍弃你的事业而已，不是吗？只不过她没有你的事业重要罢了。”

我应该是说到了他的痛处，他开始不说话，只是坐着，过了许久他才开口：“那你让我看一眼她好吗？我只想知道她过得好不好，哪怕远远地看一眼也好。”

“不，我不会让你打扰她现在平静的生活，你不配出现在她的生命里。”

我最终也没有告诉吴歌关于甄玉的踪迹。吴歌离开的时候，他跟我说：“这就是人生。王子你应该知道，没有人想沉在最底层，天天过着重复枯燥的日子。没有人想过这样的生活，我并没有错。”

我想起吴歌曾经在工地做工的那段日子，或许他说得对，可是无论怎样，他的选择对于甄玉来说是不公平的。

那天晚上吴歌无功而返，他离开的时候，给了我一个电话号码，说：“求你，见到甄玉之后，让她打电话给我。”

我不懂吴歌是否爱着甄玉，可是他看起来是那样深情，和甄玉口中那个吴歌一点都不像。那天晚上甄玉打电话给我：“王子，出来喝酒。”

我在酒吧看见了甄玉，她穿着一件金丝绒长裙，化着浓妆，都快看不出她本来的面目了。看见我进来，她冲我招了招手。

我走过去，坐在她的旁边。吧台的帅哥看见我进来，冲我笑了一下，问道：“喝什么？”

我说：“老规矩。”

他说：“好啊！”一边说，一边把目光停留在甄玉的身上。这个男人对甄玉有意思，不过不知是什么原因，他从来没有表达过。甄玉说：“一个小屁孩，知道什么是爱？”她喜欢在醉酒之后，调戏人家小哥哥。那个男孩看起来应该比我们小十岁，正是花儿一样的年龄。

甄玉点了一根烟，她现在几乎是烟不离手，我劝过她很多次，她总是说：“戒不了了。”

不过今天晚上的甄玉看起来似乎心事重重，以往她一见我，就开始叨叨个不停，今晚她却一直在喝酒、沉默。

我问她："你怎么了？"

她拉着我离开了吧台，找一个位子坐了下来。她又端起了一杯酒，一饮而下，然后缓缓地抬起头看着我说："你是不是见到他了，我看见你们了。"

"你想怎样？难道你还想回去？"

"他说了什么？"

"你清醒点，你不能这样作践自己，当小三的后果你又不是没有尝过。"

"王子，求你了，告诉我他说了什么吧！"

看着甄玉痛苦的样子，我实在不忍心，便把吴歌跟我说的那些告诉了甄玉。她听完之后，开始哭，先是小声哭，后来变成了号啕大哭，惹得大家纷纷望向我们。我带着甄玉离开了酒吧，回到了她住的地方。

她擦掉了眼泪，跟我说："我要去找他，我没有办法忘记他，无论是怎样的结局，我都认了。"

"甄玉，你他妈的脑子坏掉了吗？"我气疯了，对着她怒吼。

她漠然地看着我说："我知道你看不起我，假如他是闻博文，你是我，你会怎么做？"

她一说闻博文，我突然就没有了力气。如果吴歌是闻博文，我可能会和甄玉做出一样的选择，义无反顾。

我记得在哪里看过一句话：爱情是盲目的，它是没有道理可讲的。

甄玉最终还是给吴歌打了电话，不知道吴歌给甄玉说了什么，她先是哭，后来是笑，那笑声里有幸福和快乐。那一刻的她是活的，不像平日的她，只是活着却没有灵魂，那一刻她的灵魂归来了。

那天晚上我没有回家，一直和甄玉待在一起，这是我第一次听她讲她和吴歌之间的故事。

二十七

上大学的时候，甄玉为了帮助妈妈减轻负担，晚上出来在酒吧做兼职，她就是在这里遇到了吴歌。那时候他在这里驻唱，还很年轻，喜欢笑，喜欢讲笑话，喜欢跟在甄玉后面叫小姐姐。

甄玉长得漂亮，经常有人假装酒醉欺负甄玉，而每一次吴歌都挡在她的身前。有一次，一个很有实力的小混混看上了甄玉，他说："你做我女朋友，以后你想要啥我都能给你。"这个混混长得肥头大耳，丑极了，嘴里说着下流的段子，开着不合时宜的玩笑。甄玉想拒绝，可是那个男人看着甄玉说："不要装了，老子什么女人没有见过，你不过是嫌弃筹码不够多而已。”他把一沓钱放在甄玉的面前，甄玉想离开，被那个混混身边的人拉了回来。她被那个肥头大耳的男人拉进了怀抱，那张让人作呕的脸出现在了甄玉的眼前。

就在这时候，吴歌出现了。他冲进人群，把甄玉一把从那个男人手里抢了过来，对着那个男人说：“哥，这是我女朋友，您别这样。今晚兄弟们的酒，我请了。”

那个小混混对着吴歌，一个酒瓶就抡下来了，吴歌一直把甄玉护在身后。后来老板报了警，那群人被警察带走了，吴歌断了两根肋骨，小腿也被打断了。

“从那天起我心里想，以后嫁人，我就嫁这样的男人。”甄玉说。

吴歌出院之后，他们就在一起了。大学期间都是吴歌帮甄玉出的学费，他说：“你不要那么辛苦，以后有我养你，等我将来红了，我给你买大别墅，让你天天吃山珍海味。”

“那时候我就觉得，这个男人真的太帅了。”

“他跟我爸爸一样，是个有担当的男人。如果没有遇见他，我不知道我的人生会是怎样的。”甄玉说着，脸上还浮现出淡淡的笑容。

听了甄玉和吴歌的故事，我渐渐懂得了，他们之间的感情，并不是几句话就能说清楚的。他们的爱情里有他们的青春，乃至一切。

我决定不再劝甄玉，因为我没有任何资格去阻止她追寻自己想要的。作为她的朋友，我只希望她快乐。那天晚上，我们一起躺在床上聊天。

她说："没有人知道以后会怎样，我只想抓住现在，即使他不离婚，我也不想离开他。我从十七岁开始就盼着嫁给他，谁知道命运和我开了这样一个天大的玩笑。你知道吗？我们甚至给我们的孩子起好了名字。我这一生从未想过嫁给除他以外的人，却没有想到他结婚了，新娘不是我。我一直以为他会回来，因为他说过，这一生除了我，不会和任何人结婚。"

"那你打算怎么办？"

"他说，他正在办离婚。等他离婚了，我就和他结婚。"

可是谁知道，还没等吴歌离婚，网络上突然爆出一张甄玉和吴歌亲吻的照片。关于吴歌出轨的消息瞬间上了热搜，而吴歌也未能如愿离婚，并且因为这件事成了众矢之的。

知名歌手吴歌和模特新秀甄玉同时出现在一栋别墅里，据说两人已经同居几年，甚至还有过一个孩子。类似这样的消息，在网络上铺天盖地地传来，大家扒出了甄玉的微博，那些吴歌的粉丝和吃瓜群众，纷纷跑到甄玉微博里各种嘲讽和谩骂。甄玉一夜之间成了人人喊打的小三，工作也丢了，整个人因为网暴的事情，更加憔悴了。

出这件事的第二天，吴歌就从北京回来了。他全副武装，估计他妈见了都不认识。我和甄玉正在吃早饭的时候，听见外面的敲门声，打开门，就看见一个戴着帽子、墨镜和口罩，但看不清脸的神秘男子闯进了我们的房间。

还没等我问出那句“你是谁”，他的声音就响了起来：“玉儿，让你受苦了。”

我这才发现眼前这个男人是吴歌。甄玉淡定地坐在桌前吃饭，听见吴歌问她便回了一句：“你不是看见了吗？我挺好，还活着。”

他脱下帽子、口罩、墨镜，坐了下来。

“玉儿，是我的错，我会处理的，你等我。我一定会离婚。这次的事情，是她做的，我会好好和她谈。”

甄玉说：“这是你们的事情，我不关心。”

吴歌说：“都是我的错，是我的懦弱让我们走到了这个地步，我会努力弥补你的。”

“求你，离开我，这就是对我最大的仁慈。我累了。”

听见甄玉这样说，吴歌看起来很痛苦，眉头紧皱，黑眼圈很重，大概是因为一夜没睡吧！这件事应该对他的事业影响很大。在这样的当口儿，他能出现，我开始相信他们之间是有爱情的。只是甄玉冷漠的样子，让吴歌无所适从。

我默默退出了房间，回了家。他们的事情，还是留给他们自己解决吧！

我记得甄玉以前说过，吴歌的老婆对甄玉讲，她不会离婚的，不管他外面有多少女人，她都可以忍受。她甚至出面帮助吴歌澄清了绯闻，用自己的方式保护着自己的丈夫。不知道是因为什么，让她做出这样的选择。可能吴歌真想离婚了，她才会恼羞成怒，选择鱼死网破。女人啊！真的没有谁能够冷静地退出一段感情。

一到夏天，西安城就成了火炉，热得人无处可去。虽然是早晨，太阳照在人身上，都有些发烫。我打电话给柳钦，问他在哪里。他说："我在上班，下午还有一台手术要做。"

挂了电话，我没有立刻回家，而是坐上一辆公交车，毫无目的地在城里穿梭。白天，人流、车流就把这座城市挤得满满当当的。我坐在靠窗的位置上，看着窗外的世界。天是蓝色的，那淡淡的蓝色夹杂着一丝灰色。太阳孤独地镶嵌在一片灰蓝色的天空之中，发出耀眼的光芒。公交车上，女孩们穿着各种各样漂亮的裙子；老人们无力地靠在座位上，脸上流露出焦虑的神情；恋爱中的男女相互依靠在一起，说说笑笑，脸上写满了幸福。

这个世界看起来一片祥和，可是有人却深陷在泥潭里。

我不知道坐了多久，就听见司机提醒我说："到终点站了，赶紧下车。"

我下了车子，发现到了一个完全陌生的地方，这里很荒凉，没有城市的高楼大厦，只有密密麻麻的小房子，小房子都是五层左右高。街道两旁种满了梧桐树，枝叶遮住了天空，阳光从枝叶的缝隙里洒落下来。

我坐在路边看着行人，这里的人走路很慢，连同树叶都透着慵懒，身边偶尔有扫街的阿姨经过，好奇地看着我。

电话响了，是吴歌打来的："王子，你在哪里？快回来，甄玉出事了！"

他的声音里透着无尽的痛苦。还未等我问及缘由，电话就断了线，断线之前我听见电话那边的争吵声。

甄玉自杀未遂。这个消息像一颗炸弹一样在我的身体里炸开，让我全身失去了力气。

等我赶到医院的时候，甄玉已经被从急救室推了出来，她的父母坐在她的身边，吴歌已经不见了。甄玉的胳膊上缠着厚厚的纱布，漠然地躺着。

我站在门口看着甄玉，总觉得这一幕在哪里见过，却怎么也想不起来是在哪里见过。

甄玉看着我，没有说话。甄玉的妈妈说："王子，你来了。"我"嗯"了一声，过去坐在甄玉的旁边，想跟她说些什么，却不知从何说起。房间里所有人都静默着。这时穿着白大褂的柳钦进来了，他身后跟着一群实习生在查房。看见我们，柳钦对身后的实习生说了一句什么，那一群孩子就都出去了。他走了过来，轻声问甄玉："感觉怎么样，有没有好一点？"

"挺好的。"甄玉转过头跟我说，"王子，你回去吧！"

说完这句话，她躺了下去，把头缩进了被子里。她的父母冲我点了点头。甄玉父亲，就站在甄玉妈妈的身后，手放在妻子的肩上，看起来强劲有力。他眼睛里满是疼惜，这个历经生活磨难的男人，依然保持着自己的优雅。说实话，我很羡慕甄玉，虽然她如今的生活破碎不堪，可是当她回过头来看，身后永远有人在等着她，而我什么也没有。一丝悲伤涌上了我的心头，我起身跟着柳钦离开了病房。

在楼道里，柳钦问我："她怎么了？"

我说："晚上回家再说，我累了。"

柳钦抱了抱我，又摸了摸我的头顶，说："一切都会好的。"

他的眼神坚定、明亮，像是黑夜里的一盏灯。而我还能留在他身边多久，我并不知道。

这生活到底要折磨人到什么时候，我不也知道。

二十八

我在病房里并没有见到吴歌，吴歌去了哪里？为什么甄玉都这样了，他却不陪在身边？他们之间真的有爱吗？这些问题出现在我的脑海之中。

我出了医院，向家走去，医院离家并不近，我回到家的时候，已经六点了。婆婆躺在沙发上吹着风扇，家里有空调，但是她从来不用，总是说太费电了。见我回来，她原本睁大的眼睛立马闭了起来。我换了鞋子，走进厨房开始做饭。这样的场景让我想起了母亲，从我有记忆开始，我就常常看见她在厨房里做饭，重复着这些简单无聊的动作，脸上没有表情，整个人也没有情绪，像个机器人似的。

炒菜、熬汤，每天吃的都差不多。其实我最讨厌的就是做饭，可这却是我不得不做的事情。在这个家，我再次成了透明人，只因为我生不了孩子。

就在饭快做好的时候，婆婆出现在厨房门口，她看着我说："你先别做饭了，我有事和你说。"我放下手里的铲子，跟着她一起进了卧室。这是我流产之后，婆婆第一次主动和我说话，这几个月她一直无视我，就像小时候我父母无视我一样。她突然跟我说话，让我一时间还有些不适应，不知道怎么样回复她。我跟在她身后不说话，进了卧室。婆婆关上了门，示意我坐下来。

我看着婆婆，她似乎老了不少，头发全白了，脸上的皱纹更深了，眼窝有些凹陷，整个人阴沉沉的，无形中给我一种巨大的压迫感。我像一个等待审判的嫌犯一样煎熬着。

婆婆的声音在我耳边响起，她说："王子，我知道你是个好孩子，可是我们柳家不能没有后。"

我的思绪瞬间飘到了远处，并没听见她说什么。她见我没有接她的话，又问道："你在听我说话吗？"

我从刚才的神游中醒了过来，说道："妈，您说，我听着呢。"

婆婆停了几秒钟，又看了看我，脸上出现了一种我从未见过的表情。她嘴巴一张一合说出那句："王子，求你离开柳钦可以吗？如果你不主动离开他，他是不会和你离婚的。"

说出这句话，婆婆长舒了一口气。我知道，她应该想说这件事已经很久了。我站起来看着婆婆说："这件事，不是我一个人说了算，我们应该问问柳钦。"说完这句话，我起身准备离开，却被婆婆拉住了。我转过身看见婆婆跪在地上，她抬起头看着我一字一句地说："妈求你，你离开柳钦吧，柳家不能没有后。我知道这对你不公平，可是我真的没有其他办法了。"

我俯身拉起婆婆，没有说话，离开了房间。在我走出房间的时候，我听见了婆婆的哭声，那哭声充满了绝望和无助。

我不说话，并不是我要对抗婆婆，而是我不知道该说些什么。

这些年，我一直不知道自己是否爱过柳钦，可是这一刻，我是那样难过，我与他在一起的点点滴滴全部涌上心头。我想起甄玉跟我说的那句"我要是像你一样幸运就好了"。

这件事之后，我一直住在医院里，白天黑夜不回家。不上班的时候，一直在医院陪着甄玉，虽然她不怎么和我说话，但是精神好像好了不少。甄玉的父母寸步不离地守在女儿旁边。看着他们一家子，我终于知道，什么是家，什么是父爱和母爱。他们用生命守护着甄玉。这应该就是闻博文心里想要的家吧！不过我和他，这一生都无法得到这样纯粹无私的爱了。

吴歌的事情并没有结束，听说他的商演被全部叫停，网上关于他和甄玉之间的故事，被越传越离奇。在大众的眼里，甄玉成了一个充满心机、不择手段的女人。而吴歌一直消失，对此没有任何回应。

我也终于知道那天发生了什么事情。那天我离开之后，吴歌对甄玉说："我爱你，可是眼下，我也不知道该怎么做。"

甄玉看着这个无助的男人，伸出手，拥抱了他。吴歌对甄玉说，让她等他一年，一年后他一定会处理好所有的事情，回来带她走，永远不分开。他说得极其深情，令人动容，让甄玉落下了泪，倒在他的怀里，所有的怨气也跟着都烟消云散了。就在他们对未来充满希望的时候，甄玉收到一条信息，信息里是一段录音，录音里是吴歌的声音。

她听见吴歌说："我会放弃她，我永远不会见她。你相信我，我早就不爱她了。你别闹了，我不会和你离婚的。"

这条信息是他的妻子发过来的，而录音里的男声就是吴歌的声音。那一字一句都像是插在甄玉心上的刀子，让她在顷刻之间崩溃。

吴歌没有想到，他的妻子会做出这样的事情，颓然地站在原地。甄玉看着吴歌，情绪失控，拿起茶几上的那把水果刀，割伤了自己。在医院里，吴歌被甄玉的父母轰出了病房。关于录音的事是真是假，到现在也是个谜，不过那一段录音摧毁了甄玉，也摧毁了吴歌。

他们之间有爱吗？谁也说不清楚。甄玉病愈之后，变得沉默。不管你跟她说什么，她都无动于衷，她病了，和闻博文一样，得了心理疾病。

甄玉出院之后离开了西安，她的父母带着她回了老家。更让我没有想到的是，贾俊从国外回来了。他比以前成熟了许多，他回来的时候，甄玉已经跟着父母回到了老家。他打电话给我，希望约我和甄玉见见面。甄玉的电话已经打不通了，她回家之后换了电话，可能除了我，没有人知道了。

我在餐厅见到了贾俊，他变得很深沉，没有了年轻时候的张扬，说话的时候声音很低，眼神变得坚定。他见到我，笑呵呵地打招呼，留着小胡子，穿着打扮也变了风格，他从一个男孩蜕变成了一个男人。

我刚坐下，他便问我：“她呢？还是不愿意见到我？”

我不知道怎么跟他说这些年发生的这一切，只能说：“说来话长。”

听见我这样说，他的脸色变了，急切地问道：“她怎么了？”

“她病了，回了老家。”

“为什么会这样？她得了什么病？”

“精神不太好。”

“她为什么会变成这样？”

“你没有看新闻吗？”

他说：“我昨天才回来，还没有看到。”

“这些年发生了很多事。”

他打开手机，看着网上的消息，一边看一边紧皱着眉头。他的眼神里出现愤怒，却被他很好地掩饰起来。服务员刚把菜端上来，贾俊啪的一声合上手机，跟我说：“王子，对不起，我不能陪你吃饭了，我要去找她。”

他起身，外面传来汽车引擎发动的声音，他消失了。我不知道，贾俊的出现对甄玉来说是好还是坏。可是我知道，这个男人一直爱着她，比任何人都爱她。

甄玉的事情还未结束，而我和柳钦之间的矛盾也逐渐显现。那天婆婆找我谈话之后，我已经一个月没有回家了，柳钦来找过我很多次，每一次我都说要加班，等忙完就回家。可是已经一个月了，这样的借口已经没有办法搪塞他了，他一直问我到底发生了什么事情。我无法告诉他，我要离开他。我很怕他和闻博文一样，因为我的决定而选择消失在我的生命里。我也无法告诉他，是他母亲逼迫我们离婚。

我不知道该怎样选择，只能选择逃避，可是逃避却解决不了任何问题，只是徒增了我们之间的痛苦而已。

我迟迟下不了决心，婆婆终于按捺不住，她又一次找到我。她看起来比之前更苍老了，背都驼了起来，走路的时候有气无力。

我带着婆婆去了休息室，她就坐在我的对面，开口第一句就是："你到底要拖到什么时候？你们什么时候离婚？"

"我会离婚的，只是我没有想好怎样跟柳钦说。"

"只要你同意，我会跟他说的。"

"好，那你跟你儿子说清楚就行，我怎样都可以。"

婆婆得到了她想要的答案，看起来心情好了不少，可能觉得自己表现得过于咄咄逼人，又补了一句："是我们柳家对不起你，我会让柳钦给你补偿的。"

婆婆走了，我坐在休息室里，想起我这一生，当真是个笑话。我努力活着，想要像正常人一样活着，可到头来都是一场空。我终究还是没有办法像闻博文所希望的那样过一生，可能这就是人生。

晚上的时候，柳钦来了，他站在我们科室门口等我，见我走过来，一把拉住我说：“王子，你要和我离婚吗？”

我被柳钦的质问搞得哑口无言，无法反驳。眼前的这个男人，此刻看起来是那样无助，我想过去抱抱他，可是我已经失去了这样的资格。我只能冷冷地说：“这不是你们想要的吗？你要知道，我是一个不会生孩子的女人，我不会生孩子，没有办法帮你们柳家开枝散叶，你懂吗？你妈妈并没有错，错的是我，是我不配结婚，不配得到爱，你放我离开吧！”

他的眼神变得冰冷，那是我从未见过的一种眼神。他突然向我靠近，然后说了一句：“你这是要离开我，抛弃我是吗？”

这一句话在哪里听过呢？“连你也要抛弃我是吗？连你也要抛弃我是吗？”这句话不断地在我的耳边重复，我想起了一个男人，他那绝望的眼神和柳钦一模一样。

我突然大叫了出来：“不，我没有，我没有！”

那句话是我送闻博文进医院的时候，他对我说的，我没有想到这句同样的话会从柳钦的嘴里说出来。我开始害怕，害怕我会像失去闻博文一样失去柳钦。柳钦的身影即将消失在医院的走廊里，我疯跑过去，从后面抱住了他。

“不,我不能失去你,我不能失去你,你们不能这样对我。”

柳钦缓缓地转过身子看着我说：“王子，王蕴之，我就知道，你不会离开我，我就知道你不会离开我。”他紧紧地抱着我，像是抱着一件失而复得的心爱之物一样。他的泪顺着我的脖子流进了我的心，把我那颗沉睡的心唤醒了。

就在这一刻，我决定无论如何都决不放手。黑夜里，柳钦站在走廊里用尽全身力气抱着我，他的吻落在我的脸上。我看见了他眼睛里的光，虽然很弱、很弱，可我还是看见了。我知道那是希望，那是活着的希望。

二十九

我并没有像答应婆婆的那样和柳钦离婚，而是选择和他一起回了家。婆婆看见我们手拉着手进了家门，不可置信地看着我说："你怎么……？你怎么回来了！！！你明明答应我你会离开他的，你为什么还要回来？"她把手里的电视遥控器扔了过来。柳钦把我护在身后，遥控器砸在了柳钦的头上，血顺着他的脸颊流淌。还未等我从刚才的惊吓中反应过来，婆婆直直地倒在了地上。

柳钦飞奔过去抱起了婆婆。"快打120！"他对着我喊道。

婆婆病了，突发脑溢血，不知道是不是因为我才让她怒火攻心病倒的。不过柳钦并没有怪我，他紧握着我的手，在急救室的门口等待，医院安排了最好的大夫进行手术。时间一分一秒流逝，柳钦坐在走廊的长椅上，靠着我的肩膀，他看起来好累。

几个小时后，手术室的门打开了，医生们走了出来，握着柳钦的手说："放心，柳医生，阿姨脱离危险了，不要太过担心。"

婆婆被救了过来，不过却留下了后遗症：无法流利地说话，走起路来摇摇晃晃。她看我的眼神依然充满了恨。我日日夜夜和柳钦陪在她的身边，伺候她吃饭、上厕所。我本就是护士，做这些事手到擒来，同病房的阿姨们都羡慕婆婆有这样好的媳妇。她渐渐地不再抗拒我，变得顺从，从前身上的那种优越感，在她无法像往常一样说话之后，消失得无影无踪。

看着一个健康的人变成这样，我心里多少有些难过。无论她怎样对我，归根结底都是我的错，她不过是想要抱个孙子、给柳家留个后而已。

其实她想要的和我想要的，何尝不一样呢？不过是平常人家，最简单普通的生活。就是这样简单的要求，对我们两个来说都是奢望。从某种意义上讲，我们一样可怜。

想到这些，我对她曾经对我做出的种种，都释怀了。

柳钦看见婆婆的身体一天一天见好，渐渐有了笑颜。婆婆在医院住了两个月，我陪侍了两个月，我们之间的关系慢慢变了。她对我没有了抗拒，也没有亲昵，就像是回到了从前。

看到这样的变化，最开心的就是柳钦了。婆婆出院之后，身体已经恢复得差不多了，可以正常说话，也能正常走路，只是还需要长期服药。她又开始早出晚归了，打麻将、跳舞，再也没有提过让我们离婚的事情，我们三个小心翼翼地维持着眼前的平静生活。

有一天晚上，柳钦晚班没有回来，婆婆突然来到我的房间。她敲门走进来。我正坐在床上看书，房间里很静，昏黄的灯光洒下来，照在我们的脸上。她的头发全白了，眼睛一大一小，并没有完全恢复过来。我看不出她此刻的心情。

我从床上下来，站在地上。她坐在我的床边，过了良久，说："你们好好过日子吧！别离婚了。"

我惊讶得说不出话来，没想到她竟然说出了这样的话。

"谢谢妈，我会好好过日子，我们三个好好过日子。"

她叹了一口气说："从阎王殿回来之后，我想通了好多事。你们有自己的选择，我不应该左右你们的人生。在我知道要死的时候，我忽然发现，我这一生过得极其没有意义，一生都在为柳钦活着。以后我要为自己活着，你们的日子你们过吧！不得不承认我老了，管不了了。你知道吗，那天他跟我说，如果我让你们离婚，他就去死！是你救了他，我知道他能做出来。说实话，我要谢谢你。”

婆婆说完这些便离开了我的房间，我想起那天，有些后怕，若是我没有追出去，那么柳钦还在吗？

我想这一定是闻博文在天上保佑我，让我想起那天他的那句话，才让我追回了柳钦，获得了眼前的幸福。

那一晚，柳钦回家，我跟他说了婆婆的话。他高兴得从床上跳了起来，过来抱着我说：“王子，以后我们好好地过日子，一切都会好的，一切都会好的。”

我得到了婆婆的谅解，得以留在这个家里。我的生活恢复了平静，我终于过上了我想要的生活，一切看起来是那样完美。我沉浸在眼前的幸福之中，忘记了我的朋友此时还在痛苦中挣扎。

吴歌从西安回到北京之后，就没了音信。有天早晨醒来，我在网上看到了吴歌伤人的消息，他已经被关进了监狱。这个消息，让我震惊得说不出话来，我一遍一遍拨打吴歌的电话，一直提示：“您拨打的电话暂时无法接通。”网上关于吴歌伤人的消息铺天盖地，而更让人震惊的是，受伤的那个人是他的妻子。

不知道甄玉是否知道这件事，不过，不管她是否知道，我都需要去看她，陪在她的身边。

我向医院请了假，驱车向甄玉的老家赶去。到了甄玉家的时候，已经下午了。他们家在一座很老很老的楼房里，没有电梯，楼道里贴满了小广告，逼仄拥挤，里面有一个窗户，从窗户透过一丝阳光，才让这个楼道看起来没有那么阴森可怖。我飞快地爬到五楼，敲开门。是甄玉妈妈开的门，看见是我，她妈妈很高兴，招呼我赶紧进屋。我在屋里看见了甄玉，她坐在沙发上，那一头秀发更长了，像极了小时候的我，头发垂在腰间。见到我进来，甄玉抬头看了一眼，笑呵呵地说："王子，你怎么有时间来看我？"

我放下包，过去坐在她的身边，伸出手抱了抱甄玉。她更瘦了，我甚至能够感受到她的骨骼。她笑着，可是那笑容里没有快乐，她变得越来越像闻博文。我记得闻博文去世之前，就是这样的状态，这让我感到害怕。

甄爸爸在厨房里忙活，隔着窗户跟我说："王子，来了多住几天，陪陪玉儿，她一个人正无聊呢。"我说："好啊，叔叔，我刚好请了一周假。"

她拉着我进了她的房间，推门的时候，我看见她手臂上那弯弯曲曲的伤疤。她看我盯着她的伤疤，问我："看什么呢？”

我问她：“疼吗？”

她说：“好像也没多疼，肯定没有心疼。”

房间里放满了各种各样的布偶，公主床布置得精致而温馨，一看就知道她是爸爸妈妈的宝贝。我想起了我小时候的房间里除了一张用长凳子和木板拼成的小床外什么也没有，甚至墙壁上连一张画都没有，只剩阴冷和黑暗。冬天阴冷，夏天潮热。

甄玉拉着我坐在她的床上，问我：“怎么想到来看我？”

我说：“想你了，很久没有见你了，你不想我吗？”

她坐过来靠在我的身上，拉起她的袖子给我看：“你看这伤疤，永远都好不了了。我这些年，过得太可笑了，一直追求的不过是我的臆想，可能他已经不爱我了。”

“爱不爱还重要吗？你不是说过三十几岁还谈爱情很可笑吗？”

“是啊，很可笑。我们曾经那样相爱，为什么会是这样的结局？我一直在想，始终没有想明白。”

“贾俊回来了，你见到他了吗？他还爱着你，你是否考虑和他在一起？”

正说这话的时候，我听见外面有敲门声，贾俊走了进来。

显然他刚从外面回来，手里提着大包小包的东西，一点都没有一个富二代的样子。他看见我，惊讶地说："咦，王子，你怎么来了？"

"怎么？我不能来吗？"

贾俊说："你能来太好了，你陪陪甄玉，我去帮爸爸做饭。"

甄玉说："我们离婚了，叫叔叔，谁让你叫爸爸？"

贾俊憨憨地笑了一声，拉上门出去了。

我看着甄玉问："怎么回事？你们什么情况？"

甄玉说："他一直不走，我爸妈希望我们复婚。可是你知道，我们不可能了。"

"为什么不可能了？我觉得复婚挺好的啊。"

"我不爱他，这对他不公平。"

她起身下了床，坐在窗户边上，点了一根烟，跟我说："王子，活着真的好累。以前我一直觉得只要我努力、乐观、积极向上，生活一定会好起来的，可是你看到了，并不是这样。"

"可能这就是生活吧！"

她长长地叹了一口气，又问了一句："你有吴歌的消息吗？"

"吴歌？我没有他的消息。你也该放下了，别去管他了好吗？”

她说：“无论怎样，这件事总得有个了断。”

三十

那天晚上，我留在了甄玉家里，像刚认识时那样跟她躺在一张床上聊天。小城的夜很安静，静到让人觉得害怕。

夜已经深了，我们还在说话，停不下来。她跟我讲述了她回到家里之后的生活，是父母拯救了她，让她重新活了过来，并且有了生的念头。

她说："无论如何，我都要好好活着，他们为我受了太多苦，他们这一生有太多的不容易，我不能再让他们为我操心。"

看见甄玉，我想起了闻博文，若是他的母亲愿意给他一点点爱，若是我再耐心一点，陪他久一点，他或许不会选择那条路。

听见甄玉这样说，我紧绷的心终于放了下来。

甄玉说："王子，跟我说说他的情况好吗？自从我回到这里，爸爸妈妈为了不让我看到网上那些恶心的言论，把我的手机没收了，我没有一点关于他的消息。"

我思量了好久，说："他好像消失了，我也没有他的消息。"

甄玉坐了起来，跟我说："王子，我想离开家，你可以帮助我吗？我父母不让我离开，请你带我离开，我想去见他，我必须去见他！"

"见了又能怎样？"

"王子，我有了他的孩子，就是那天你走之后，我们，我们……在他准备离开的时候，我收到那段录音，才会失控。因为他说，他只爱我一个，他会想尽一切办法离婚和我在一起。可是他骗了我，你知道吗？我为了他，可以放弃一切，可是他一直在说谎，我必须见他，我想知道，我在他心里到底算什么。"

"孩子？玉儿你疯了，这个孩子，你不能要。"

"我已经失去了一个孩子，这个孩子我绝对要生下来。求你带我走，带我走，让我去见他。"

她看起来很痛苦，她把脸埋进了被子里，身体蜷曲在一起。我不知道该怎么告诉她，吴歌出事了。

我过去把她从被子里拉出来，她的牙齿把胳膊咬出了一个血印，满脸泪痕，和白天的状态完全不同。我抱着她，跟她说："玉儿，放过自己吧！"

她推开了我，静静地看着我说："求你，求你带我走，好吗？我一定要见到他。"

看到她的状态，我知道我无法阻止她离开，即使我不带她走，她也会想办法离开的。我把手机拿了过来，递到她的手里："你看吧，网上有你想知道的一切。"

她打开手机，盯着那句"知名歌手因涉嫌杀人，被捕入狱"愣了很久，才开始翻。黑夜里，手机的亮光照在她的脸上，她脸上的泪痕还没有完全消失。随着她不断翻阅手机的动作，她脸上出现了更多的情绪，眉头紧皱在一起，眼睛里蓄满了泪水，像是要溢出来一样，紧闭的嘴唇在微微发颤。她的手跟着身体开始一起发抖，痛苦在她的身体里蔓延开来。

我夺过手机，跟她说："玉儿，我们不看了，好吗？我明天带你去找他。"

她仰起头，用力抹了一把眼泪，说："王子，他没有说谎，他是爱我的，他是爱我的。我一定要去找他。求你了，求你一定带我走。"

我最终还是妥协了，虽然不知道我的做法是对还是错，可是看着她那样痛苦，我实在没有办法不管她。那天早晨天微亮，我和甄玉留了一张字条，就溜出了房间，买了车票直奔北京。

在这里我们了解了吴歌伤人的前因后果，也明白了那个男人，竟是那样爱着甄玉。那天吴歌回到北京之后，公司和他解除了合约。他在给甄玉买的别墅里睡了两个月，直到他的老婆找上门来，一直问他把狐狸精藏在哪里了。吴歌没有说话，继续躺在床上睡觉。这个动作惹恼了他的妻子，她过来撕打吴歌，就在这时，吴歌再次提出离婚。

他的妻子听见吴歌要离婚，瞬间情绪失控，拿起桌子上的水果刀向吴歌刺了过来，她说："既然你不想过了，那就不过了，我们一起死。"

在两个人纠缠的过程中，刀子不小心插进他妻子的身体里，血流一地。女人被送进了医院，而吴歌因为防卫过当被关进了监狱。

这一切都是我和甄玉在吴歌案子审判的那一天听到的。我们来到北京很多天，都无法见到吴歌，我只能带着甄玉回到西安，后来打听到吴歌案子的开庭时间，我又带着她飞了过去。

这时候的甄玉，肚子已经隆了起来，她的父母找了她很久。一天夜里，我悄悄用手机给她父母发了信息，告诉他们，甄玉在我这里，一切安好，关于甄玉怀孕的事情我并没有说，不知道他们是否知道。

只是从那天开始，我每天都会向他们汇报甄玉的情况。他们永远那样客气而有礼貌，悄悄地关心着自己的孩子。无论甄玉过得怎样辛苦，我依然羡慕着她，她拥有的那些，是我从来没有拥有过的。

我已经忘记多久没有给家里打过电话了，好像很久了，最近就连弟弟打电话过来的次数都很少。我曾经有多渴望得到他们的爱，现在就有多厌恶他们。

在法庭上，我再次见到了吴歌，他剃了平头，穿着一件看守服，站在被告席上。他看见坐在我旁边的甄玉，眼神变得复杂，那是一种无法用语言描述的情绪。

甄玉紧紧地握着我的手，眼眶发红，戴着帽子、口罩，帽檐压得很低。在那天的法庭上来了很多记者，我们尽可能坐在一个不起眼的角落里，默默地看着吴歌。他的妻子被用轮椅推了上来，这是我第一次看见他的妻子，她很瘦，那张大饼脸变得小巧玲珑，甚至有一丝美感，嘴唇很薄，说话的时候，有浓重的地方口音。除此之外，已经完全看不出她就是那个农村女人。

她看见了坐在角落里的我们，那目光十分凌厉，像是要杀死我们一样。甄玉低下了头，她的手在颤抖，她的手心在发汗。我紧紧握着她的手，静静地听着他们的陈述。

令人震惊的是，他的妻子竟然说："我放弃追究法律责任。"

吴歌看着妻子，崩溃大哭，他的妻子被推了出去，吴歌被宣布当庭释放。这件事在网络上引起一阵热议。他妻子离开的时候，看了我们一眼，什么话也没说，我拉着甄玉逃出了法庭。

三天之后，我们见到了吴歌，他看起来精神很差，走路的时候有气无力，上一次见他这个样子，还是在闻博文乌镇的家里。

我们约在一家咖啡馆，他戴着鸭舌帽、墨镜、口罩，全副武装，若是不熟悉的人根本就认不出来这是谁。他看见我们，走过来坐下，转过身跟服务员说了一句什么。然后有个人过来带着我们上了二楼，进了一个包间。

甄玉一直跟在我的身后，时不时看着吴歌。我们三个相对而坐，一时无言。他看见甄玉隆起来的肚子，脸上的表情很复杂，像是很惊讶，又很失望，很痛苦，又很轻松，总之很难形容。

他盯着甄玉的肚子看了很久，然后问道：“玉儿，你怀孕了？”

甄玉点了点头，他没有问是谁的，只说了一句挺好挺好。又是一阵长久的沉默，还是上菜的服务员打破了我们的尴尬局面。菜端了上来，都是甄玉爱吃的，他还是像以前一样体贴细心。

“吃吧！有了孩子要多吃点。”他把肉夹到甄玉的碗里。

甄玉抬起头问道：“你不问孩子是谁的？”

吴歌说：“不管是谁的，我都祝福你，你这样挺好的。”

我看见甄玉眼角涌出了泪，她用手抹了一把，继续说：“你以后打算怎么办？”

吴歌说：“回老家，带着孩子和母亲。”

甄玉说：“那我呢？”

吴歌停下手里的动作，放下筷子说：“玉儿，你好好过日子，我只希望你幸福。”

我一直没有说话，就坐在那里看着他们，也不知道该说什么。有些事情，只能由他们自己解决。

吴歌说：“我对不起你，也对不起郝美丽，都是我的错，我会用余生来赎罪。”

郝美丽，这应该是吴歌的妻子，我第一次听见她的名字，她的名字和她的人倒是很相配，既俗又美。

“她怎么样了？”甄玉又问了一句。

“她没事，伤口不深，应该快出院了。”

“那你们离婚了吗？”

“我不会离婚的，这些天，我也想明白了，我已经对不起你了，不能再对不起她。”

甄玉听到这句话，脸色变得苍白，紧紧地咬着嘴唇，看着吴歌说：“如此也好，我也祝你幸福。”

“谢谢你，玉儿，这就是命。北京的这套房子留给你，算是我对你的补偿，我明天就回去了，大概我们以后不会再见了。”

甄玉握着我的手，都快要把我的手掐出血了。我看见她倔强地看着吴歌说：“祝你幸福，再见。”

吴歌得知甄玉怀孕之后，表情一直淡淡的，那应该是一种释然。我想他应该找到自己想要的了，而甄玉，我不知道以后她该怎么办。

他说完这些话，起身和我们告别。我叫住了他：“吴歌，这个孩子……”还不等我说出口，甄玉便站了起来捂住我的嘴巴，然后说了一句：“这个孩子是我和前夫的，我过来就是看看你，顺便告诉你，我要复婚了。”

吴歌转过身微笑着对甄玉说：“祝你幸福，再见。”

吴歌走了，他刚走出去不远，甄玉就坐在包间里放声大哭，那哭声淹没了这世界所有的快乐，她的哭声充满了悲伤和绝望。此刻她应该很难过吧！而我却说不出一句安慰的话，只能坐在一旁看着她哭，等着她恢复正常。

三十一

我没有想到甄玉和吴歌到最后竟然是这样的结局，吴歌被解约了，还给公司赔了不少钱，歌手生涯就这样结束了。他带着母亲回了老家，在县城里开了一家酒吧。郝美丽并没有原谅他，也没有跟着他回去，而是选择继续留在北京。

红极一时的歌手，突然就没落了，网上唏嘘一片。很多人把吴歌的悲剧归咎于甄玉这个小三，可是他们之间的故事，究竟谁对谁错，谁又能说得清楚呢？

吴歌走了之后，我陪着甄玉回了西安，甄玉的父母从老家赶了过来，看见挺着肚子的甄玉，难过得说不出话来。网上的新闻，并没有因为吴歌的退隐而停止，而吴歌也没有因为失去歌手身份而没落。当年那些喜欢他的粉丝，不远千里去他开的酒吧，听他唱歌。他的酒吧火了，很多人闻风而来。为了过上平静的生活，他不得不再次搬家。然后他就失去踪影了，很长一段时间，我都没有他的消息。

而甄玉一直被外面的流言蜚语影响得无法正常生活，贾俊跟甄玉说："你和我去国外吧！"

甄玉看着贾俊说："我这样的女人，已经配不上你了，你走吧！不要再来找我。"

就算是这样，贾俊也一直陪在甄玉的身边，贾俊的父母来看过甄玉两次，话里话外都希望甄玉离开贾俊。可是这一切不是甄玉说了算的，任凭甄玉怎样对待贾俊，他始终不离不弃。后来甄玉就默许了他的存在。甄玉的肚子越来越大，脾气也越来越大。住在外面宾馆里也越来越不方便，甄爸爸和甄妈妈商议后带甄玉回了家。

就在甄玉回家的第二天，我接到弟弟的电话，他说母亲没了。在电话里，弟弟哭得像个孩子，他说："姐，妈让我代她跟你说声对不起。你们为什么要这样？到底发生了什么事情要这样？我们不是一家人吗？"

我没有想到身体一直健康的母亲会突然离世，想来我已经三年多没有给她打过电话了。从那天离开家之后，我再也没有回过家，没想到她竟然就这样去了。

我放下电话，蹲在地上，眼泪在我眼眶里打转。我以为我会开心，毕竟她是那样残忍，可是这一刻，我竟是那样痛苦。也就是在这一刻，我突然想起，她也是受害者，她和我一样，不过是大千世界里的一个蝼蚁，无法与命运抗衡，所以只能忍受。而在她生命的最后几年我却选择了一种残忍的态度对待她。

柳钦看见我蹲在地上，跑过来抱着我问："你怎么了？你怎么了？"

"我妈没了，我妈没了。"我木然地说出这两句话，说出"妈"的时候，心也跟着剧烈地疼痛起来。

柳钦抱着我向门外跑去，他把我放进车子里，打了电话给婆婆说："我和王子回一趟老家，过些天回来。"然后我就被柳钦载着向家驰去。

三年了，三年前那个晚上，我离开这里便再也没有回去过。没想到再次回去，她已经不在了。

等我们到家的时候，已经是晚上了，院子里搭着棚，母亲的灵柩就停放在院子里，灵台前摆放着一张黑白照片，是她年轻时候的样子，浅笑着。那是我从没有见过的样子。在我记忆里，她几乎没有笑过，总是忙忙碌碌，每天机械地做着家务，甚至和父亲的互动都很少。

我一直觉得，自己在这个家里被无视，事实上，这个家从本质上说就不算家。所有人之间毫无感情，只是因为血缘才结合在一起，在这样的家里，每一个人应该都是孤独的。我想起了我的姐姐们，她们也是各自过活，几乎从不联系，也不亲昵，这就是父母教给我们的。他们从来没有告诉过我，亲人之间要怎样相处。

弟弟看见我回来，过来扶着我叫了一声“姐”。他瘦了，黑了，头发长得遮住了眼睛，眼圈红红的，看起来很累。在灵柩前，跪着我的大姐和二姐，她们看到我，淡淡地说了一句：“老三回来了。”

她们脸上都有哭过的痕迹，眼睛肿得老高，眼眶红红的，眼泪像是随时都会溢出来一样。我蹲在灵柩前，看着水晶棺里的母亲。她看起来很安详，双眼紧闭，和睡着了一样。看到她样子的时候，我突然觉得死或许对她来说也是一种解脱。我曾经无数次想过，若我是孤儿多好。而今天，我的父亲、母亲都已离我而去，我却依然没有得到解脱，反而更加痛苦，那种感觉就像皮球突然泄气了一样，一种巨大的虚无感正在吞噬着我。

如果你的生活里还有恨，还有爱，你至少有感知。当这些感觉全部消失之后，你就只剩下一个躯壳，无所依存，只有虚无。

我跪在母亲的灵柩旁边，看着她，没有一滴眼泪。和父亲去世的时候一样，被痛苦侵蚀，却找不到合适的表达方式。

二姐就坐在我的旁边，她变了很多，打扮时尚，和我上一次见她，有着天壤之别。她伸出手紧握着我的手，说了一句：“老三，难过就哭出来。”

我转过头看她，她和我一点都不像，和这家里每一个人都不像，很另类。她的眼睛细而长，鼻梁高挺，嘴唇很厚，看起来性感而美丽。可是我以前从来都没有发现，二姐竟然是一个美人。

她的手很凉，看着我的眼神很温柔。三十几年了，这是她第一次靠近我，也是我第一次靠近她。她跟我说：“王子，以后我们没有爸妈，只剩下我们几个相依为命了，你要好好的。”

她比我大几岁，可看起来是那样年轻。这是我第一次听见她跟我说这么多话，她离我很近，几乎是靠在我的身上。她很瘦，靠在我身上也没有重量。

我知道她离婚了，这些年一直在外面闯荡，没有结婚。离婚之后，她变得自由，也变得更洒脱和温柔。我并不知道，这些年她在外面经历了什么，因为我们平时从来不联系。

大姐依然很漠然，她的眼睛里只有茫然和悲伤，时不时抹着眼泪。我不知道她是因为母亲离开而哭泣，还是为自己而哭泣。我们三姐妹跪在昏黄的灯光下，一身孝衣，各怀心事。这样团聚的时光对我们来说是少有的。小时候每次吃饭，二姐总是喜欢一个人躲在卧室里，从不跟我们一个桌子吃饭；大姐吃饭的时候，总是喜欢低着头，往嘴里塞，好像吃慢了就没有饭了；妈妈总是一个人坐在厨房里，从不上桌；只有弟弟是欢快的。

母亲的葬礼办得很盛大，这些年，弟弟挣了钱，盖了房子，买了小车，日子过得风生水起，有钱了也硬气了。相对于父亲的葬礼，母亲的葬礼盛大而奢华。大戏唱了三天三夜，半个村子的人都来了，一到晚上，村里的老人、女人、孩子，就拿着板凳坐在戏台子下面听戏。

唱戏的、听戏的、看戏的……这场葬礼，就像是一幅浮世绘，画出了人间所有的悲欢离合。柳钦一直跟在弟弟身边，忙前忙后，进进出出。很多人都说，老王家的三女婿很能干，一点都没有城里男人的娇气。

夜里，大家都走了，大姐为了照顾孩子也早早回去了，只剩下我、柳钦、弟弟和二姐，弟媳妇在房里照看孩子。夜静了下来，天空繁星点点，月亮高高挂在天空。我们几个相对而坐，眼泪无声地流淌着。风吹过院子的大树，叶子哗啦啦作响，村子里不知道谁家的狗一直在狂叫，有一只猫从我们眼前跑了过去。

柳钦把自己的外套脱下来披在我的身上，弟弟说："姐、姐夫，你们去休息，我来守夜。"

我和柳钦都没有动，二姐也没有动，我们就这样坐了一夜，早晨天刚亮，帮忙的人都来了，院子又热闹了起来。大姐也来了，她的眼睛更肿了，像是哭了一夜。二姐转过去跟大姐说："你也别老哭，留心身体。"大姐说："我没事，我就是难过，妈怎么走得这么早！"

我想说点什么，可是说不出，才发现从回来到现在我竟然一句话也没有说。二姐担心地看着我，那种眼神是我从来没有见过的，就像甄妈妈担心甄玉的那种感觉。我的泪水又一次控制不住，我一直在想，为什么以前我从来没有发现呢？

母亲下葬了，她被埋进了坟墓里，盖上了黄土，从此消失在这个世界。

但过去的那些事，并没有因为母亲的离开而消失。葬礼结束之后，弟弟跟我说："妈妈病了许久，一直不让我跟你说，有好多次，我都想告诉你，但她始终不情愿。临走之前，她让我代她跟你说声对不起，让你原谅她。”

弟弟的话，再次将我推向崩溃的边缘，我的母亲即使死了，也有方法让我余生不得安宁。我不知道，难道这就是她想要的，或者这是她自以为的爱?

二姐说：“老三，有些事情，只有放过自己，才能得到救赎。你看姐离婚之后，才知道什么是活着，什么是日子。”

而大姐在母亲下葬之后，就匆匆离开了。她四十岁了，长期在农村生活，看起来比实际年龄老得多，脸上已经有了岁月的痕迹，手上布满了老茧，跟我们始终保持着距离。我不知道她过着怎样的生活，可就算我知道了又能怎样？什么也改变不了。

三十二

我没有想到，母亲会突然去世，这些天发生了很多事情，让我措手不及。而母亲的去世，让我的情绪再次崩溃，我又一次开始失眠，整夜无法入睡。

我决定出行，离开家去外面转转。柳钦帮我收拾好行囊，把一张卡放在我的手里，跟我说："在外面照顾好自己。"

火车启动，我去了青海，一个人住在青海湖边一个青旅里。每天百无聊赖，白天在草原上溜达，晚上回到房间里看书，突然很想写故事。漫漫长夜，只能靠写故事来消磨时间。

我开始接着写无戒那个没有写完的小说，故事的主人公叫王蕴之。那尘封的过往再次出现在我的脑海之中，我决定去乌镇。他离开之后，我再也没有去过那里。想到这里，我收拾好行李，当天夜里就买了车票，向乌镇出发。

没想到的是，我在这里竟然遇见了吴歌，他就住在无戒以前住的房子里。那一天，我去找房东，想跟他说要租下那个房子。房东告诉我，房子被一个男人租走了。这个房子在无戒去世之后，一直空着，很多年都无人问津，没有人敢住在一个有人自杀过的房子里，直到前一段时间来了一个男人，要租这个房子，而且一租就是十年。

听到房东这样说，我忽然对租这个房子的人产生了兴趣。我站在门口，敲开了门，我看见了吴歌，他也看见了我。

他先是惊讶，而后热情地邀请我进屋。屋里什么都没变，还是原来的样子，一张床、一个书柜、一张书桌，空荡荡的。书柜旁边挂着一把吉他，应该是吴歌的。

我坐在书桌前，想起无戒曾经坐在这里写文的样子。吴歌倒了一杯水给我，他看起来很平静，那是一种看透世俗之后的洒脱。我看着他，想到甄玉，再也无法平静地和他交流。

为什么会有人伤害了所有人还可以全身而退？我很想问问吴歌。他可能并没有感知到我的愤怒，把水放在桌子上，坐了下来问我：“你怎么想到来这里？”

他一说话，瞬间把我从刚才的情绪里拉了出来，我说：

“和你一样，想找个地方悄悄地生活。”

他说：“你有家，和我不一样。”

“你不是还有妻儿吗？”

他停了一下说：“我和郝美丽离婚了。她出院之后，我们就离婚了。”

“哦，离婚了，你不是说你不会离婚吗？”

“可是我已经没有资格给她幸福了，这是最好的结局。”

“那甄玉呢，她怎么办？”我一说到甄玉，吴歌的脸色就变了，他脸上的平静被瞬间打破了，这句话应该在他的心里激起了千层浪吧！看来他并没有放下过去，果然没有一个人可以从一段感情里全身而退。

他的表情转变得很快，一瞬间情绪又恢复了过来，紧接着说：“她怎么样？过得好吗？”

“她好不好你关心吗？”

“我想关心，你是知道的，她已经有了孩子，我不该打扰她了，她跟我受了很多苦，她不应该过那样的生活。”

“孩子？你还有脸提孩子？那个孩子是你的，你个混蛋！”

“我的？我的！我的！”

他重复着这句话，然后问我：“真的吗？真的是我的吗？那她为什么不告诉我？”

“告诉你，你那天不是说，你不会离婚吗？”

说到这里，吴歌长长地叹了一口气，他的表情就算伪装也无法掩盖此时的痛苦。他摸出一根烟，站在窗口抽了起来，然后跟我说：“我以为她有了别人，那是别人的孩子，我才会说出那样的话。那天我本打算告诉她，我要离婚了，我们以后都会在一起的，可是我却看见她大起来的肚子。你知道吗，如果真的有人可以给她幸福，我是可以退出的，我只要她幸福，她受了太多苦了！”

我万万没有想到，真相竟然是这样。

“其实我和郝美丽，无论怎样都过不下去了，那天见了你们之后，我们就离婚了。我对不起她，可是我只能这样做，我这一生只爱过甄玉一个人。”

他说话的时候，一直看着窗外。我想他是无法面对我吧！可能此刻他连自己都无法面对。

“那现在你知道了，你打算怎样？”

吴歌把烟头摁灭在烟灰缸里，问我：“她现在在哪里？”

“在老家，住在爸爸妈妈那里，她的前夫回来了，希望复婚，一直陪在甄玉的身边。”

“我要去找她，无论怎样，这一次我都不想放手了，我们错过了这么多次，况且那是我们的孩子。”

吴歌说完这句话就开始收拾东西，十分钟之后，他就离开了房间，临走之前他把这间房子的钥匙留给了我。他说:“王子，谢谢你，若是没有遇见你，我可能要后悔一辈子。”

他走了，我不知道我这样做是对还是错，可是理智告诉我，必须这样做。

吴歌走了之后，房间里只剩下我一个人了。我坐在窗前写故事，睁眼、闭眼都是我和无戒之间的故事。有时候我觉得我不是我，我就是无戒。

我把这个故事发到了网站上，很多人追更，有人问我：“你是王子吗？是那个替无戒更文的王子吗？”我被认出来了，越来越多的人来追更我的小说。

我的小说评论区有一个人天天都会出现，她总是会说一些和文章无关的话。我看着她的留言，想起了曾经的自己。那时候无戒看着我的留言应该也是这样的感觉吧！我会给她写很长的回信，像老朋友一样聊天。

有一天她跟我说：“谢谢你，是你拯救了我，我重生了。谢谢你听我胡言乱语，谢谢你耐心地和我互动，谢谢你让我知道，这个世界上还有人在意我。”

看到这段话，我开心了很久。我已经在乌镇住了两个月了，冬天来了，房间里很冷，夜里我穿着棉衣坐在书桌前写小说。那部小说已经接近尾声，故事里，闻博文和王蕴之拥有了自己的小家，过上了他们想要的生活，他们有一个漂亮的孩子。

柳钦每天都会打电话给我，跟我絮叨一些无关紧要的事情，我的心逐渐变得平静。在我写完小说的第二天，我去看了无戒。那是他离开之后，我第一次去看他。

那一年他离世之后，被妈妈带回老家，安葬在他的父亲身边。我穿过小路，爬上那一座小山，终于来到他的面前。坟墓已经被枯草爬满，因为到了冬天，看起来极为荒凉。他旁边那两座坟应该是他的爷爷和爸爸的。我拿出带来的水果、零食，放在他的墓碑前面。他在世的时候，从来不吃这些，我并不知道他为何不吃。我想这世上应该没有人会讨厌好吃的吧！可是他好像对这些没有一丝兴趣。我跟他在一起的时候，每一次买回来的水果，都是我一个人吃。

墓碑上贴着他的照片，应该是十几岁的样子，没有笑颜，眼睛下垂，有些拘谨。我这才想起，和他在一起那么久，都没有留下一张照片，甚至在他的家里也没有找到一张他的照片。他像是从未来过这个世界，而他不过是我想象出来的一个人。除了那些文字，没有什么可以证明他真的存在过。

再次面对他，我心里说不出是什么滋味。遇见他的时候，我才二十几岁，如今已经十年过去了，我已经是奔四的人了，人生的一半都没了。

“你在那边过得好吗？”我问他。

“你在那边一定要幸福啊，我现在过得很好，你放心吧。不知道你还怪不怪我，不过就算你怪我，我也能理解，毕竟是我辜负你了。”

我正说着，山上忽然刮起了一阵风，把我拿来的冥币吹得漫天飞舞。他回来了，应该是他回来了，我心里想。

我甚至感受到他就站在我的面前看着我。我闭着眼睛伸出手拥抱他。等我睁开眼的时候，风停了，太阳出来了，阳光照在他的照片上，我还保持着拥抱的姿势。我知道，这一切不过是我的想象，其实他真的消失了，消失得无影无踪。

我在他的坟前坐了许久，替他拔掉了坟头上的所有杂草。从山上下来的时候，天已经黑了，林子里的鸟儿在快活地唱着歌，又起风了，夜里的大山，让人觉得毛骨悚然。

我飞奔着跑下山，在下山的时候我一直感觉后面有一双眼睛注视着我。我知道这些都是我想象出来的而已，恐惧和希望交错着，那种感觉真的无法形容。

这么多年我一直没有来看他，是因为我一直都觉得他还活着，活在某个地方，有一天他还会出现，站在我的面前喊我“王子”。

从山上下来之后，我终于意识到他真的走了，离开了。就在我来看无戒的第二天，吴歌打电话跟我说：“甄玉生了，生了一个男孩。”他激动得语无伦次。

三十三

我决定回家了，看了无戒之后，我的心中滋生出一种想法，那就是好好活着。我记得他的希望，那天从山上下来之后，我发现我不再是我了，我的身上寄存着另一个人的灵魂。我开始写故事、写小说，努力生活。

我所做的都是他曾经做的，他所希望过上的生活，我也替他做到了。我不知道如今对他是一种什么感情，但我知道的是，柳钦已经成为我生命中最重要的那个人，为了他能够幸福，我可以付出所有。

过往的一切，像电影一样出现在我的脑海中，那些经过的事、遇见的人，那些曾经无法释怀的种种，都在渐渐脱离我的身体。我在蜕变，在蜕变成一个全新的自己。

下了火车，我在出站口看见了柳钦，他穿着黑色的羽绒服，平头，向里张望着。我悄悄绕到他的身后，伸出手拥抱了他。他转过身看我，脸上满是笑意，这应该就是幸福吧！

他带我回了家，那天晚上，他跟我说："我好怕你离开之后不再回来。"

我把头埋进他的颈窝里，跟他说："这一生，我都不会离开。"

他的吻落在我的脸上、唇上、灵魂上。我们历经千辛万苦终于找到了彼此，把自己完全交付给对方。我那虚无的身体逐渐变得充实，那沉睡的心被唤醒。明天醒来，应该是全新的一天，真好。

早晨吃完早餐，我就拉着柳钦去医院看甄玉。

在车上，柳钦跟我说："王子，你这样看起来很好。"

我说："老公，我希望你以后可以叫我蕴之。"

他小声地叫了一句："蕴之。"然后说，"蕴之好像更适合你呀。"

我把我的手伸过去放在他的手心里，他的手很暖，很暖。

我在医院里看见了甄玉，她躺在病床上，旁边的婴儿车里躺着一个婴儿。吴歌正拿着奶瓶给孩子喂奶，甄妈妈、甄爸爸就站在甄玉的旁边。看见我进来，甄玉很高兴，冲着我挥挥手说："过来，过来，你看我的孩子。"

她脸上的笑颜又回来了，看着他们一家人，我忽然觉得这一切都是天注定的：你要遇见谁，要经历什么，最后会有什么结局。若是那天没有遇见吴歌，我不知道甄玉会怎样。

吴歌从乌镇过来之后，甄爸爸和甄妈妈一直不让他们见面，于是吴歌就在他们对面租了一间房子住了下来，每天早晨天不亮就起来买早餐，然后挂在门口。总之呢，就是无论怎样对他，他都不离开，他就要守在这里。后来甄爸爸和甄妈妈看见女儿心情好了不少，就不再干预了。

我问甄玉："那贾俊呢？"

甄玉说："我们之间不可能了，那天他跟着我回来之后，他的父母就过来了，然后带走了贾俊。你知道的，他们从来都看不起我，况且我还出了那样的事情。他的母亲以死相逼，他便跟着他们回去了。其实就算没有这个事情，我和他也不可能了。我们可以是任何关系，可唯独不能是夫妻，我不爱他，任凭我如何努力都做不到。况且，我不能伤害他两次，那样我还是人吗？"

甄玉跟我说这些的时候极为平静，她的精神状态好了很多，尤其有了孩子之后，她脸上的笑容越来越多。

贾俊走了不久，又被父母安排出国了。离开的那天他来看甄玉，正好看见了陪在甄玉身边的吴歌。他走的时候，跟吴歌说："你好好对他，不然我会随时回来夺走她。"

他们一起把贾俊送到了机场，甄玉跟贾俊挥手告别。甄玉说："我看见他哭了，我也觉得很难过，他是个好人，可我们不合适。"

贾俊离开之后，吴歌一直陪在甄玉的身边，甄爸爸和甄妈妈知道女儿为了这个男人付出了一切，也不忍心让女儿难过，就默认他们在一起了。

因为吴歌的出现，甄玉的精神状态渐渐好了起来，开始正常生活。甄爸爸和甄妈妈自然也是欣喜的，什么都比不上自己孩子的幸福。吴歌从对门搬进了甄玉的家里，这一对苦命的鸳鸯，终于迎来了他们的幸福。

孩子出生后不久，他们就结婚了，没有办婚礼，就领了证，朋友们在一起吃了个饭。

那天的甄玉很美，她脸上笑颜绽放，怀里抱着他们的孩子，她穿着一件红色的旗袍，虽然是生过孩子的女人，身材却保持得很好。我又想起初见她时的样子，一晃眼都十几年过去了。记得那时候她就是这样冲我笑，我被她的笑容感染了，此后很多年，我们都没有分开。

看到甄玉重获幸福，我甚至比她还开心。这一年我们都三十八岁了，已经步入了中年。甄爸爸、甄妈妈也以肉眼可见的速度老去了，而我的父母已经离开这个世界了。

再回想起以前的时光，恍若隔世，很多曾经耿耿于怀的事情，在逐渐淡忘，日子向前走，我们也在向前走。

还记得甄玉曾经说过，从吴歌说分手的那一刻起，他们便再无可能，谁知道兜兜转转他们又回到了起点。

甄玉结婚之后，定居在西安，开始过起了小日子。吴歌买下他曾经驻唱的那家酒吧，他们两个从这里缘起，也从这里重生。

而我从开始写故事之后，便一发不可收。我跟柳钦说："我想辞职，在家写小说。"

他说："好啊！只要你开心。"

我这些年一直在医院上班，整日经历各种生死，也因此对生命有了更深层次的理解。这些文章发在网上，持续受到大家关注。于是我成了一个全职作者，看看书，写写故事。

我再次登录上无戒的公众号，开始更文。这一次我的署名是王蕴之，而公众号的名字依然叫无戒，一直都没有改。

我辞职之后，时间变得多了起来。没事的时候，我就去甄玉的酒吧找人闲聊，收集故事。甄玉说："你知道灵魂摆渡人吗？我觉得你就是那个人。”

原来的甄玉又回来了，变得比以前更加成熟稳重了，当了妈妈之后，浑身上下都散发着母性的光辉。

而我和柳钦还是一直没有孩子，后来也怀过几次，可没有一次成功过。他们总是悄然无声地来，又悄然无声地走。我一直都没有见过他们，听说每一个孩子都是天使，他们会在天上选妈妈，那我为什么一直没有人选，或许是因为他们害怕我无法做好妈妈吧！

我已经四十岁了，受孕越来越困难。那一天柳钦跟我说：“蕴之，我们不要孩子了吧！你看现在丁克的家庭那么多，一样也可以过得幸福快乐，不是吗？”

我靠在柳钦的怀里，我知道这个男人为了我付出了一切，我能做的就是如他期望的那样幸福地活着，不离不弃地陪在他身边。

而婆婆在那次生病之后，像是突然觉悟了一样，开始退出我们的生活，此时正在三亚的沙滩上晒太阳呢。

我看见她发的朋友圈，照片里的她笑得像个十八岁的姑娘，充满希望。

我想起无戒曾经跟我说过：“这世上最大的幸福不过是一家和乐，而有些人终其一生都无法拥有。”

就在此时，我很想告诉他：“你看，我做到了，我终于活成你想要的样子了，你看到了吗？”

后记

写完《38℃爱情》之后，我打算短时间里先不写小说，谁知道没过多久，我又开始想写小说了。于是就有了这部《余温》。书名确定好之后，我发给朋友们看，他们都说："这个书名很好，很有温度。"

开始写这本书那天下着大雪，我坐在电脑前，敲下第一章。在开始写之前，我并不确定这个故事后面会发展成什么样子。虽然一开始，我也确定了主题，可是我知道，一旦下笔去写，一旦故事人物形成，一旦故事开始，很多事情就会不受控制。

有时候我觉得故事人物是有生命的，有灵魂的。我常常感觉到有时候，并不是我在掌控人物的命运，而是角色自己在掌控自己的命运，我只是那个叙述者。这种感觉很神奇，本来你想的人物命运是这样，写出来之后却发现完全不一样。这并不是传统意义上的跑偏，而是这样的剧情更加合乎逻辑。有时候，我会刻意安排一个人的生，一个人的死，可是当写到那里的时候，安排死的人死不了。剧情发生了巨大的改变，我只能顺着这种剧情继续写，一旦把角色写死，这个故事可能就不合理了。

这些不确定性就是写小说过程中最大的乐趣。

常常有人问我：你是作家吗？我每次都很不好意思地说我不是作家，可是一旦开始写小说，我就会出现一种我是作家的错觉。这种感觉很好，那种为了写书而存在的使命感立马就出来了。这种感觉会让我拥有动力，同时对文字产生敬畏。不得不说，我是非常喜欢这种感觉的，尤其当情绪跟着小说人物的命运起伏的时候，一边觉得快意，一边又觉得自己神经质。

这是一部虚构小说，小说中的人物带着我的期望，去做很多事情。虽然是虚构，可是很多人物都是真真切切有原型的。故事里闻博文的原型来源于我曾经见过的一个男孩。他过得很辛苦，因为原生家庭带来的创伤，以至于成年之后，一直被抑郁症折磨，自杀过好多次，努力活着，不被理解。我记得他说过这样一句话：“活着找不到牵挂，就像浮萍，没有根，让人觉得虚无。”

他的希望就是遇见一个爱人，组建一个自己的家庭，可是这个愿望看起来很难实现，因为他什么也没有，没车，没房，没家，没有固定工作，甚至精神也不太好。我不知道他以后会遇见什么，未来会拥有怎样的人生。在故事里，他饱受疾病的折磨，离开了这个让他痛苦的世界。

而王子更像是另一个闻博文，同一种人不同的人生。而王子承载的是希望，我希望每个人都可以像王子一样去寻找让自己活下去的动力，无论生活给予我们什么，我都希望每个人可以活着，充满希望地活着。

故事里王子的弟弟，是一个充满爱、懂得感恩的孩子，他在生活中也是有原型的。那一天，我和一个朋友一起吃饭，他跟我说：“我一直觉得对不起姐姐，因为我，她们受了很多苦。”说这话的时候他看起来十分痛苦。这些年他一直在努力，努力回报那个家，努力地去爱每一个家人，主动承担起照顾家里的责任。

这些生活中的人物，在故事中我都给了一个结局，一个他们想要的结局。

最复杂的就是甄玉这个人物，她的性格很像另一个我，敢爱敢恨，可是生活并没有眷顾她，因此她受了很多苦。这样的女孩注定会过得很辛苦，因为她太单纯了，也太理想化了，所以会做出很多常人无法理解的行为。未婚先孕，当小三，甚至自杀。

故事里每一个人物都是虚构的，可是他们每一个人都又是真实存在的，所以在写的过程中，痛苦是不可避免的。

也正是因为这样，作品才具有价值。

不过，无论小说好与坏，都是我的心血，都是我想写的，或许我想写得更加深刻，可是受限于目前的水平，只能如此呈现。

这个小说最有意思的就是，几乎所有人都在努力追寻简单的幸福，譬如亲情、爱情，可是他们却总是得不到。

我想说的不过是，我们现在拥有的，或许正是别人一生追寻的。人生的幸福，不过就是夫妻和睦、兄友弟恭而已。

如果你有缘看到这个小说，我希望你可以好好珍惜你当下所拥有的一切，因为我们正过着别人想要的生活。记得抱抱你的爱人，跟他（她）说："我爱你。"记得抱抱你的孩子，告诉他（她）："我爱你。"记得告诉你的父母："我爱你们。"记得告诉你的朋友："因为有你，我成了世界上最幸福的人。"

人生很短，意义几何，全看自己理解。

我前些天在网上看到这样一句话：“就是因为人生本无意义，所以我们才能赋予它更多意义。”

生活不易，且行且珍惜。你会发现，你要的幸福就在眼前。

2021 年 1 月 24 日于西安